樂章集
柳永

安陸集
張先

四庫全書
宋詞別集
叢刊 二

商務印書館

樂章集

柳永

欽定四庫全書　　　集部十

樂章集　　　詞曲類詞集之屬

提要

臣等謹案樂章集一卷宋柳永撰永初名三變字耆卿崇安人景祐元年進士官至屯田員外郎故世號柳屯田馬端臨經籍考載其樂章集三卷今止一卷葢毛晉刊本所合并也宋詞之傳於今者惟此集最為殘闕晉此

刻亦殊少勘正訛不勝舉其分調之顯然舛誤者如留家别久二字小鎮西久離闕三字小鎮西犯路遼遠三字臨江仙蕭條二字皆係後段换頭今尚界作前段結句字句之顯然舛誤者如尾犯之一種芳心力芳字當作勞浪淘沙慢之幾度飲散歌闌闌字當作閑如何時如字當作知浪淘沙令之有一箇人人一字屬衍促盡隨紅袖舉促字下尚闕一

字破陣樂之各明珠各字下脱採字定風波之拘束教吟咏咏字當叶韻作和字鳳歸雲之霜月夜夜字下脱明字如魚水之蘭芷汀洲望中中字當作裏望遠行之亂飄僧舍密灑歌樓二句上下倒置紅牕睡之如削肌膚紅玉瑩句已屬叶韻下又誤增峯字河傳之露清江芳交亂清江二字當作淨紅塞鴻之漸西風緊緊字屬衍訴衷情之不堪更倚木

蘭木蘭二字當作蘭棹夜半樂之嫩紅光數光字當作無金斂爭笑睹斂字當作斂萬樹作詞律嘗駮正之今並從其説其必不可通者則疑以傳疑姑仍其舊焉乾隆四十九年三月恭校上

總纂官臣紀昀臣陸錫熊臣孫士毅

總校官臣陸費墀

欽定四庫全書

樂章集

宋 柳永 撰

正宮

黄鶯兒 詠鶯

園林晴晝誰為主暖律潛催幽谷暄和黄鸝翩翩乍遷芳樹觀露濕縷金衣葉映如簧語曉來枝上綿蠻似把芳心深意低訴 無據乍出暖烟來又趁遊蜂去恐狂

蹤跡兩兩相呼終朝霧吟風舞當上苑柳濃時別館花
深處此際海燕偏饒都把韶光與

鬬百花 亦名夏州

颯颯霜飄鴛瓦翠幙輕寒微透長門深鎖悄悄滿庭秋
色將晚眼看菊蘂重陽淚落如珠長是淹殘粉面鸞輅
音塵遠 無限幽恨寄情空殢紈扇應是帝王當初怪
妾辭輦陡頓令來宮中第一妖嬈却道昭陽飛燕

又

煦色韶光明媚輕靄低籠芳樹池塘淺蘸烟蕪簾幙閑垂風絮春困厭厭拋擲鬭草工夫冷落踏青心緒終日扃朱戸　遠恨綿綿淑景遲遲難度年少傅粉依前醉眠何處深院無人黄昏乍拆鞦韆空鎖滿庭花雨

又

滿搦宫腰纖細年紀方當笄歲剛被風流沾惹與合垂楊雙髻初學嚴粧如描似削身材怯雨羞雲情意舉措多嬌媚　爭奈心性未會先憐佳婿長是夜深不肯便

入鴛衾與解羅裳盈盈背立銀釭却道你彈先睡

玉女摇仙珮 或入片玉集

飛瓊伴侣偶别珠宫未返神仙行綴取次梳粧尋常言語有得許多姝麗擬把名花比恐傍人笑我談何容易細思算奇葩艷卉惟是深紅淺白而已爭如這多情占得人間千嬌百媚　須信華堂繡閣皓月清風忍把光陰輕棄自古及今佳人才子少得當年雙美且恁相偎倚未消得憐我多才多藝願奶奶蘭心蕙性枕前言下

表余深意為盟誓今生斷不孤鴛被

雪梅香

景蕭索危樓獨立面晴空動悲秋情緒當時宋玉應同漁市孤烟裊寒碧水村殘葉舞愁紅楚天闊浪浸斜陽千里溶溶　臨風想佳麗別後愁顏鎮斂眉峯可惜當年頓乖雨跡雲蹤雅態妍姿正歡洽落花流水忽西東無憀恨相思意盡分付征鴻

尾犯

欽定四庫全書

夜雨滴空堦孤館夢回情緒蕭索一片閒愁想丹青難
貌秋漸老蛩聲正苦夜將闌燈花旋落最無端處總把
良宵秖恁孤眠却 佳人應怪我别後寡信輕諾記得
當初翦香雲為約甚時向幽閨深處按新詞流霞共酌
再同歡笑肯把金玉珠珍博

甘草子

秋暮亂灑衰荷顆顆真珠雨雨過月華生冷徹鴛鴦浦
池上憑欄愁無似奈此箇單棲情緒却傍金籠教鸚

鵲念粉郎言語

又

秋盡葉翦紅綃砌菊遺金粉雁字一行來還有邊庭信飄散落花清風緊動翠幙曉寒猶嫩中酒殘粧慵整頓惹兩眉離恨

中吕宫

送征衣

過昭陽璿樞電繞華渚虹流運應千載會昌馨寰宇薦

殊祥吾皇誕彌月瑤圖纘慶玉葉騰芳並景貺三靈眷
祐挺英哲掩前王遇年年嘉節清和頒率土稱觴 無
間要荒華夏盡萬里走梯航彤庭舜張大樂禹會羣芳
鵷行趨上國山呼鼇抃遙爇爐香竟就日瞻雲獻壽指
南山等無疆願巍巍寶歷鴻基齊天地遙長

晝夜樂

洞房記得初相遇便只合長相聚何期小會幽歡變作
別離情緒況值闌珊春色暮對滿目亂花狂絮直恐好

風光盡隨伊歸去　一場寂寞憑誰訴筭前言總輕負
早知恁地難拚悔不當初留住其奈風流端正外更別
有繫人心處一日不思量也攢眉千度

又　贈妓

秀香家住桃花徑筭神仙才堪並層波細剪明眸膩玉
圓搓素頸愛把歌喉當筵逞遏天邊亂雲愁凝言語似
嬌鶯一聲聲堪聽　洞房飲散簾幃靜擁香衾歡心稱
金爐麝裊青煙鳳帳燭搖紅影無限狂心乘酒興這歡娛

漸入佳景猶自怨鄰雞道秋宵不永

柳腰輕 贈妓

英英妙舞腰肢軟章臺柳昭陽燕錦衣冠葢綺堂筵晏是處千金爭選顧香砌絲竪初調倚輕風珮環微顫乍入霓裳促遍逞盈盈漸催檀板慢垂霞袖急趨蓮步進退竒容千變笑何止傾國傾城暫回眸萬人腸斷

西江月

鳳額繡簾高捲獸鐶朱户頻摇兩竿紅日上花梢春睡

厭厭難覺　好夢狂隨風絮閑愁濃勝香醪不成雨莫
與雲朝又是韶光過了

仙吕宫

傾杯樂

禁漏花深繡工日永薰風布暖變韶景都門十二元宵
三五銀蟾光滿連雲複道淩飛觀聳皇居麗嘉氣瑞烟
葱蒨翠華宵幸是處層城閬苑　龍鳳燭交光星漢對
咫尺鼇山開雉扇會樂府兩籍神仙梨園四部絃管向

曉色都人未散盈萬井山呼鼇抃願歲歲天仗裏常瞻
鳳輦

笛家

花發西園草薰南陌韶光明媚乍晴輕暖清明後水嬉
舟動禊飲筵開銀塘似染金堤如繡是處王孫幾多遊
妓往往攜纖手遣離人對嘉景觸目盡成感舊別久
帝城當日蘭堂夜燭百萬呼盧畫閣春風十千沽酒未
省宴處能忘絃管醉裏不尋花柳豈知秦樓玉簫聲斷

前事難重偶空遺恨望仙鄉一餉淚沾襟袖

鶴沖天

黃金榜上偶失龍頭望明代暫遺賢如何向未遂風雲便争不恣遊狂蕩何須論得喪才子詞人自是白衣卿相　烟花巷陌依約丹青屏障幸有意中人堪尋訪且恁偎紅倚翠風流事平生暢青春都一餉忍把浮名換了淺斟低唱

大石調

迎新春

嶰管變青律帝里陽和新布晴景回輕煦慶嘉節當三五列華燈千門萬户遍九陌羅綺香風微度十里燃絳樹鼇山聳喧喧簫鼓漸天如水素月當午香徑裏絶纓擲果無數更闌燭影花陰下少年人往往竒遇太平時朝野多歡民康阜堪隨分良聚對此争忍獨醒歸去

曲玉管

隴首雲飛江邊日晚烟波滿目凭闌久一望關河蕭索

千里清秋忍凝眸杳杳神京盈盈仙子别來錦字終難偶斷鴈無憑苒苒飛下汀洲思悠悠　暗想當初有多少幽歡佳會豈知聚散難期翻成雨恨雲愁阻追遊每登山臨水惹起平生心事一場銷黯永日無言却下層樓

滿朝歡

花隔銅壺露晞金掌都門十二清曉帝里風光爛熳偏愛春杪烟輕晝永引鶯囀上林魚遊靈沼巷陌乍晴香

塵染惹垂楊芳草 因念秦樓彩鳳楚館朝雲往昔曾迷歌笑别來歲久偶憶歡盟重到人面桃花未知何處但掩朱門悄悄盡日竚立無言贏得淒涼懷抱

傾杯樂

皓月初圓暮雲飄散分明夜色如晴畫漸銷盡醺醺殘酒危樓迥涼生襟袖追舊事一餉凭闌久如何媚容艷態底死孤歡偶朝思暮想自家空恁添情瘦算到頭誰與伸剖向道我别來為伊牽繫度歲經年偷眼覷也不

恐覷花柳可惜恁好景良宵未曾略展雙眉暫開口問
甚時與伱深憐痛惜還依舊

夢還京

夜來怱怱飲散欹枕背燈睡酒力全輕醉魂易醒風揭
簾櫳夢斷披衣重起悄無寐　追悔當初繡閣話別太
容易許時猶阻歸計甚況味旅館虛度殘歲想嬌媚那
裏獨守鴛幃靜永漏迢迢也應暗同此意

鳳銜盃

有美瑤卿能染翰千里寄小詩長簡想初襞苔牋旋揮翠管紅窗畔漸玉箸銀鉤滿錦囊收犀軸捲常珍重小齋吟翫更寶若珠璣置之懷袖時時看却似頻見千嬌面

又

追悔當初辜深願經年價兩成幽怨任越水吳山似屏如障堪遊翫奈獨自慵擡眼賞烟花聽絃管圖歡笑轉加腸斷總時展丹青強拈書信頻頻看又爭似親相

見

鶴沖天

閒牕漏永月冷霜華墮悄悄下簾幙殘燈火再三往事
離魂亂愁腸鎖無語沈吟坐好天好景未省展眉則箇
從前早是多成破何況經歲月相拋嚲假使重相見
還得似當初麼悔恨無計那迢迢良夜自家只恁摧挫

愛恩深

雅致裝庭宇黃花開淡泞細香明艷盡天與助秀色堪

滄向曉自有真珠露剛被金錢妒擬買斷秋天容易獨
步　粉蝶無情蜂已去要上金尊惟有詩人曾許侍宴
賞重陽恁時盡把芳心吐陶令輕回顧免憔悴東籬冷
烟寒雨

看花回

屈指勞生百歲期榮瘁相隨利牽名惹逡巡過奈兩輪
玉走金飛紅顏成白首極品何為　塵事常多雅會稀
忍不開眉畫堂歌管深深處難忘酒盞花枝醉鄉風景

好攜手同歸

又

玉城金堦舞舜干朝野多歡九衢三市風光麗聽萬家急管繁絃鳳樓臨綺陌佳氣非烟　雅俗熙物態妍恐負芳年笑筵歌席連昏晝在旗亭斗酒十千賞心何處好唯有尊前

柳初新

東郊向曉星杓亞報帝里春來也柳臺烟眼花匀露臉

漸覺綠嬌紅姹粧點層臺芳樹運神功丹青無價 別有堯堦試罷新郎君成行如畫杏園風細桃花浪暖競喜羽遷鱗化遍九陌相將遊冶驟香塵寶鞍嬌馬

兩同心

嫩臉修蛾淡勻輕掃最愛學宫體梳粧偏能效文人談笑綺筵前舞宴歌雲别有輕妙 飲散玉爐烟裊洞房悄悄錦帳裏低語偏濃銀燭下細看俱好箇人人昨夜明許伊偕老

又

竚立東風，斷魂南國，花光媚、春醉瓊樓，蟾彩迥、夜遊香陌。憶當時、酒戀花迷，役損詞客。　別有眼長腰搦。痛憐深惜。鴛衾阻、夕雨朝飛，錦書斷、暮雲凝碧。想別來，好景良時，也應相憶。

女冠子

斷烟殘雨。灑微涼、生軒戶。動清籟、蕭蕭庭樹。銀河濃淡，華星明滅，輕雲時度。莎堦寂靜無覩，幽蛩切切秋吟苦。

疎篁一徑流螢幾點飛來又去 對月臨風空恁無眠耿耿暗想舊日牽情處綺羅叢裏有人人那回飲散略略曾諧鴛侶因循忍便睽阻相思不得長相聚好天良夜無端惹起千愁萬緒

玉樓春

昭華夜醮逢清曙金殿霓旌籠瑞霧九枝擎燭燦繁星百和焚煙抽翠縷 香羅薦地延真馭萬乘凝旒聽祕語百年無用考靈龜從此乾坤齊歷數

又

鳳樓郁郁呈嘉瑞降聖覃恩延四裔醮壇清夜洞天嚴公讌凌晨簫鼓沸　保生香勸椒香膩延壽帶垂金縷細幾行鵷鷺望堯雲齊共南山呼萬歲

又

皇都今夕知何夕特地風光盈綺陌金絲玉管咽春空蠟炬蘭燈燒夜色　鳳樓十二神仙宅朱履三千鵷鷺客金吾不禁六街遊狂殺雲蹤并雨跡

又

星闈上笏金章貴重委外臺䟽近侍百常天閤舊通班

九歳國儲新上計　太倉日富中邦最宣室夜思前席

對歸心怡悅酒腸寬不泛千鍾應未醉

又

閬風岐路連銀闕曾許金桃容易竊烏龍未睡定驚猜

鸚鵡多言防漏泄　悤悤縱得憐香雪窗隔殘烟簾映

月別來也擬不思量爭奈餘香猶未歇

金蕉葉

厭厭夜飲平陽第添銀燭旋呼佳麗巧笑難禁艷歌無間聲相繼準擬幕天席地　金蕉葉泛金波齊未更闌已盡狂醉袖中有箇風流暗向燈光底惱徧兩行珠翠

秋蘂香引 小石調

留不得光陰催促奈芳蘭歇好花謝唯頃刻彩雲易散瑠璃脆驗前事端的　風月夜幾處前蹤舊跡忍思憶這回望斷永作終天隔向仙島歸宴兩路無消息

林鍾商

長相思

畫鼓喧街蘭燈滿市皎月初照嚴城清都絳闕夜景風傳銀箭露暖金莖巷陌縱橫過平康款轡緩聽歌聲鳳燭熒熒那人家未掩香屏　向羅綺叢中認得依稀舊日雅態輕盈嬌波豔冶巧笑依然有意相迎墻頭馬上謾遲留難寫深誠又豈知名宦拘檢年來減盡風情

尾犯

晴烟冪冪漸東郊芳草染成輕碧野塘風暖遊魚動觸冰澌微坼幾行斷雁旋次第歸霜磧詠新詩手撚江梅故人贈我春色　似此光陰催逼念浮生不滿百雖照人軒冕潤屋金珠于身何益一種勞心力圖利禄殆非長策除是恁點檢笙歌訪尋羅綺消得

玉樓春

心娘自小能歌舞舉意動容皆濟楚解教天上念奴羞不怕掌中飛燕妒　玲瓏繡扇花藏語宛轉香茵雲襯

步王孫若擬贈千金只在畫樓東畔住

又

佳娘捧板花鈿簇唱出新聲羣豔服金鷟扇掩調纍纍文杏梁高塵簌簌　鸞吟鳳噦清相續管烈絃焦爭可逐何當夜召入連昌飛上九天歌一曲

又

蟲娘舉措皆淹潤每到婆娑偏恃俊香檀敲緩玉纖遲畫鼓聲喧蓮步緊　貪為顧盼誇風韻往往曲終情未

盡坐中年少暗銷魂争問青鸞家遠近

又

酥娘一搦腰肢裊回雪縈塵皆盡妙幾多狎客看無厭一輩舞童功不到　星眸顧拍精神峭羅袖迎風身段小而今長大懶婆娑只要千金酬一笑

雙調

婆羅門令

昨宵裏恁和衣睡闕

過醺醺醉中夜後何事還驚起　霜天冷風細細觸疎窗閃閃燈揺曳空牀展轉重追想雲雨夢任欹枕難繼寸心萬緒咫尺千里好景良天彼此空有相憐意未有相憐計

仙吕調

郭郎兒近拍

帝里閑居小曲深坊庭院沈沈朱户閉新霽畏景天氣薫風簾幙無人永晝厭厭如度歲愁𤸃　枕簟微涼睡

久轉轉慵起硯席塵生新詩小闋等閒都盡廢這些兒
寂寞情懷何事新來常恁地

西施

柳街燈市好花多盡讓美璚娥萬嬌千媚的的在層波
取次梳粧自有天然態愛淺畫雙蛾　斷腸最是金閨
客空憐愛奈伊何洞房咫尺無計枉朝珂有意憐才每
遇行雲處幸時恁相過

林鍾商

駐馬聽

鳳枕鸞帷二三載如魚似水相知良天好景深憐多愛無非盡意依隨奈何伊恣性靈揵臉些兒無事孜煎萬回千度怎免分離　而今漸踈漸遠漸覺雖悔難追謾傒寄消息終久奚為也擬重論繾綣爭奈翻復思維縱再會恐恩情難似當時

雙調

雨霖鈴　秋别

寒蟬淒切對長亭晚驟雨初歇都門暢飲無緒方留戀處蘭舟催發執手相看淚眼竟無語凝噎念去去千里烟波暮靄沈沈楚天濶　多情自古傷離别更那堪冷落清秋節今宵酒醒何處楊柳岸曉風殘月此去經年應是良辰好景虛設便總有千種風情更與何人説

定風波

竚立長堤澹蕩晚風起驟雨歇極目蕭疎柳萬株掩映箭波千里走舟車向此人人奔名競利念蕩子終日驅

馳爭覺鄉關轉迢遞何意 繡閣輕拋錦字難逢等閒度歲奈泛泛旅迹厭厭病緒近來諳盡宦遊滋味此情懷總看箋憑誰與寄算孟光爭得知我繼日添憔悴

尉遲盃

寵嘉麗算九衢紅粉皆難比天然嫩臉修蛾不假施朱描翠盈盈秋水恣雅態欲語先嬌媚每相逢月夕花朝自有憐才深意 綢繆鳳枕鴛被深深處瓊枝玉樹相倚困極歡餘芙蓉帳暖別是惱人情味風流事難逢雙

美況已斷香雲為盟誓且相將盡平生未肯輕分連理

慢卷紬

閑窗燭暗孤幃夜永欹枕難成寐細屈指尋思舊事前歡都來未盡平生深意到得如今萬般追悔空秪添憔悴對好景良宵皺著眉兒成甚滋味　紅茵翠被當時一一堪垂淚怎生得依前似恁偎香倚暖抱著日高猶睡算得伊家也應隨分煩惱心兒裏又爭似從前澹澹相看免恁縈繫

征部樂

雅歡幽會良夜可惜虛拋擲追念狂蹤舊跡長秖恁愁悶朝夕憑誰去花街覔細說與此中端的道向我轉覺厭厭夢役勞魂苦相憶　須知最有風前月下心事始終難得但願我蟲蟲心下把人看待長似初相識況逢春色便是有舉觴消息待這回好好憐伊更不輕拆

佳人醉

莫景蕭蕭雨霽雲澹天高風細正月華如水金波銀漢

瀲灩無際冷侵書帷夢斷却披衣重起臨軒砌　素光搖指因念翠眉音塵何處相望同千里儘凝睇厭厭無寐漸曉雕檻獨倚

迷仙引

才過笄年初綰雲鬟便學歌舞席上尊前王孫隨分相許算等閒酬一笑但千金慵覷常只恐容易瞬華偷換光陰虛度　已受君恩顧好與花為主萬里丹霄何妨攜手同去永棄却烟花伴侶免教人見妾朝雲暮雨

御街行

燔柴烟斷星河曙寶輦回天步端門羽衛簇雕欄六樂舜韶先舉鶴書飛下雞竿高聳恩霑均寰寓　赤霜袍爛飄香霧喜色成春煦九儀三事仰天顔八彩旋生眉宇椿齡無盡蘿圖有慶常作乾坤主

又

前時小飲春庭院悔放笙歌散歸來中夜酒醺醺惹起舊愁無限雖看墜樓換馬争奈不是鴛幃伴　朦朧但

妙暗花面欲夢還驚斷和衣擁被不成眠一枕萬回千
轉惟有畫梁新來雙燕徹曙聞長歎

歸朝歡

別岸扁舟三兩隻葭葦蕭蕭風淅淅沙汀宿雁破烟飛
溪橋殘月和霜白漸漸分曙色路遥川遠多行役往來
人隻輪隻槳盡是利名客　一望鄉關烟水隔轉覺歸
心生羽翼愁雲恨雨兩縈牽新春殘臘相催迫歲華都
瞬息浪萍風梗成何益玉樓深處有箇人相憶

采蓮令

月華收雲澹霜天曙西征客此時清苦翠娥執手送臨岐軋軋開朱戸千嬌血盈盈竚立無言有淚斷腸爭忍回顧一葉蘭舟便恁急槳凌波去貪行色豈知離緒萬般方寸但飲恨脉脉同誰語更回首重城不見寒江天外隱隱兩三烟樹

秋夜月

當初聚散便喚作無由再逢伊面近日來不期而會重

歡宴向尊前閒暇裏斂著眉兒長歎惹起舊愁無限
盈盈淚眼謾向我耳邊作萬般幽怨奈你自家心下事
難見待音信真箇恁別無縈絆不免收心共伊長遠

巫山一段雲

六六真游洞三三物外天九霄麟揔破非烟何處按雲
軿　昨夜麻姑陪宴又話蓬萊清淺幾回山脚弄雲濤
髣髴見金鼇

又

琪樹羅三殿金龍抱九關上清真籍總羣仙朝拜五雲間 昨夜紫薇詔下急喚天書使者令賫瑤檢降雕霞重到漢皇家

又

清旦朝金母斜陽醉玉龜天風搖曳六銖衣鶴背覺孤危 貪看海蟾狂戲不道九關齊閉相將何處寄良宵還去訪三茅

又

閬苑年華永嬉遊別是情人間三度見河清一番碧桃成　金母恐將輕摘留宴鼇峯真客紅狵閒卧吠斜陽方朔敢偷嘗

又

蕭氏賢夫婦茅家好弟兄羽輪飈駕赴層城高會盡仙卿　一曲雲謠為壽倒盡金壺碧酒醺酣爭撼白榆花踏碎九光霞

傾盃樂 散水調

木落霜洲雁橫烟渚分明畫出秋色莫雨乍歇小檝夜泊宿葦村山驛何人月下臨風處起一聲羌笛離愁萬緒聞岸草切切蛩吟如織為憶芳容别後水遥山遠何計憑鱗翼想繡閣深沈爭知憔悴損天涯行客楚峽雲歸高陽人散寂寞狂蹤跡望京國空目斷遠峯凝碧

小石調

法曲獻仙音

追想秦樓心事當年便約于飛比翼悔恨臨岐處正攜

手翻成雲雨離析念倚玉偎香前事慣輕擲慣憐惜饒心性正厭厭多病柳腰花態嬌無力早是乍清減别後恐教愁寂記取盟言少孜煎剩好將息遇佳景臨風對月事須時恁相憶

西平樂

盡日憑高寓目脉脉春情緒嘉景清明漸近時節輕寒乍暖天氣才晴又雨烟光澹蕩裝點平蕪遠樹黯凝竚臺榭好鶯燕語正是和風麗日幾許繁紅嫩緑雅稱

嬉遊去奈阻隔尋芳伴侶秦樓鳳吹楚管雲約空帳望
在何處寂寞韶光度可堪向晚村落聲聲杜宇

蝶戀花 一刻六 一詞

簾下清歌簾外宴雖愛新聲不見如花面牙板數敲珠
一串梁塵暗落瑠璃盞 桐樹花聲孤鳳怨漸遏遥天
不放行雲散坐上少年聽未慣玉山將倒腸先斷

又 一刻六 一詞

獨倚危樓風細細望極離愁黯黯生天際草色山光殘

照裏無人會得凭欄意　也擬疎狂圖一醉對酒當歌
彊樂還無味衣帶漸寬終不悔為伊消得人憔悴

又

蜀錦地衣絲步障屈曲回廊靜夜閒尋訪玉砌雕闌新
月上朱扉半掩人相望　旋暖燻鑪溫斗帳玉樹瓊枝
迤邐相偎傍酒力漸濃春思蕩鴛鴦繡被翻紅浪

歌指調

永遇樂

薰風解愠晝景晴和新霽時候火德流光蘿圖薦祉累
慶金枝秀旋樞繞電華渚流虹是日挺生元后續唐虞
垂拱千載應期萬靈敷祐　殊方異域爭貢琛賮架嶮
杭波奔湊三殿稱觴九儀就列韶頀鏘金奏藩侯瞻望
彤庭親攜僚吏竟歌元首祝堯齡北極齊尊南山共久

又

天閣英遊內朝密侍當世榮遇漢守分麾堯庭請瑞方
面憑心膂風馳千騎雲擁雙旌向曉洞開嚴署擁朱藩

喜色歡聲處處競歌來萸　吳王舊國今古江山秀異
人烟繁富甘雨車行仁風扇動雅稱安黎庶棠郊成政
槐府登賢非久定須歸去且乘閒暖閣長開融尊盛舉

卜算子

江楓漸老汀蕙半凋滿目敗紅衰翠楚容登臨正是暮
秋天氣引疎碪斷續殘陽裏對晚景傷懷念遠新愁舊
恨相繼　脉脉人千里念兩處風情萬重烟水雨歇天
高望斷翠峯十二儘無言誰會憑高意縱寫得離腸萬

種奈歸雲誰寄

鵲橋仙

屆征途攜書劍迢迢匹馬東去慘離懷嗟少年易分難聚佳人方恁繾綣便忍分鴛侶當媚景算密意幽歡盡成輕負　且際寸腸萬緒慘愁顔斷魂無語和淚眼片時幾番回顧傷心脈脈誰訴但黯然凝佇莫烟寒雨望秦樓何處

浪淘沙慢

夢覺透窗風一線寒燈吹息那堪酒醒又聞空堦夜雨頻滴嗟因循久作天涯客負佳人幾許盟言更忍把從前歡會陡頓翻成憂戚　愁極再三追思洞房深處幾度飲散歌闌香暖鴛鴦被豈暫時踈散費伊心力殢雨尤雲有萬般千種相憐惜到如今天長漏永無端自家踈隔如何時却擁秦雲態願低幃昵枕輕輕細說與江鄉夜夜數寒更思憶

夏雲峯

宴堂深軒楹雨輕壓暑氣低沈花洞彩舟泛斛坐遶清潯楚臺風快湘簟冷永日披襟坐久覺疎絃脆管時換新音 越娥蕙態蘭心逞妖艷昵歡邀寵難禁筵上笑歌間發舄履交侵醉鄉深處須盡興滿酌高吟向此免名韁利鎖虛費光陰

荔枝香

甚處尋芳賞翠歸去晚緩步羅襪生塵來繞瓊筵看金縷霞衣輕褪似覺春遊倦遙認衆裏盈盈好身段 擬

回首又竚立簾幃畔素臉紅眉時揭蓋頭微見笑整金
翹一點芳心在嬌眼王孫空恁腸斷

浪淘沙令

有一箇人人飛燕精神急鏘環珮上華裀促盡隨紅袖
舉風柳腰身　簌簌輕裙妙盡尖新曲終獨立斂香塵
應是四肢嬌困也眉黛雙顰

林鍾商

破陣樂

露花倒影烟蕪蘸碧靈沼波暖金柳揺風木木繫彩舫
龍船遥岸千步虹橋參差雁齒直趨水殿遶金堤曼衍
魚龍戲嬌春羅綺喧天絲管霽色榮光望中似覩蓬萊
清淺　時光鳳輦宸遊鸞觴禊飲臨翠水開鎬宴兩兩
輕舠飛畫檝競奪錦標霞爛聲歡娱歌魚藻徘徊宛轉
别有盈盈遊女各明珠争收翠羽相將歸去漸覺雲海
沈沈洞天日晚

古傾盃

凍冰消痕曉風生暖春滿東郊道遲遲淑景烟和露偏潤長堤芳草斷鴻隱隱歸飛江天杳杳遥山變色粧眉淡埽目極千里間倚危檣迥眺　動幾許傷春懷抱念何處韶陽偏早想帝里看春名園芳榭爛熳鶯花好追思往昔年少繼日恁把酒聽歌量金買笑别後暗負光陰多少

雙聲子

晩天蕭索斷蓬蹤跡乘興蘭棹東遊三吳風景姑蘇臺

榭牢落莫靄初收夫差舊國香徑沒徒有荒丘繁華處
悄無覩惟聞麋鹿呦呦　想當年空運籌決戰圖王取
霸無休江山如畫雲濤烟浪翻輸范蠡扁舟驗前經舊
史嗟謾載當日風流斜陽莫草茫茫盡成萬古遺愁

傾盃樂

離讌慇勤蘭舟凝滯看看送行南浦情知道世人難使
皓月長畫彩雲鎮聚算人生悲莫悲於輕別最苦正歡
娱便分鴛侶淚滴瓊臉梨花一枝春帶雨慘黛別臨行

猶自再三問道君須去頻耳畔低語知多少他日深盟平生丹素從此盡把憑鱗羽

陽臺路

楚天晚墜冷風敗葉疎紅零亂冒征塵匹馬區區愁見水遙山遠追念平時正恁鳳幃倚香偎暖嬉遊慣又豈知前歡雲雨分散　此際空勞回首望帝里難收淚眼莫烟衰艸算暗鎖路岐無限今宵又依前寄宿甚處葦村山館寒燈畢夜厭厭憑何消遣

内家嬌

媚景朝升烟光圓斂踈雨夜來新霽垂楊豔杏絲軟霞輕繡出芳郊明媚處處踏青鬬艸人人偎紅倚翠奈少年自有新愁舊恨消遣無計　帝里風光當此際正好恁擕佳麗阻歸程迢遞奈向好景難留舊歡頻弃早是傷春情緒那堪困人天氣但贏得立高原斷腸一餉凝睇

二郎神 七夕

炎光謝過莫雨芳塵輕灑乍露冷風清庭戶爽天如水玉鉤遙掛應是星娥嗟久阻敘舊約飇輪欲駕極目處微雲暗度耿耿銀河高瀉　閒雅須知此景古今無價運巧思穿針樓上女擡粉面雲鬟相亞鈿合金釵私語處算誰在回廊影下願天上人間占得歡娛年年今夜

醉蓬萊　慶老人星現

漸亭皐葉下隴首雲飛素秋新霽華闕中天鎖葱葱嘉氣嫩菊黃深拒霜紅淺近寶堦香砌玉宇無塵金莖有

露碧天如水　正值昇平萬機多暇夜色澄鮮漏聲迢
遞南極星中有老人呈瑞此際宸遊鳳輦何處度管絃
清脆太液波翻披香簾捲月明風細

宣清

殘月朦朧小宴闌珊歸來輕寒森森背銀釭孤館乍眠
擁重衾醉魄猶噤永漏頻傳前歡已去離愁一枕暗尋
思舊追遊神京風物如錦　念擲果朋儕絶纓宴會當
時曾痛飲命舞燕翩翻鳳樓鴛寢玉釵亂橫信任散盡

高陽這歡娛甚時重恁

雨中花慢

墜髻慵梳愁蛾懶畫心緒是事闌珊覺新來憔悴金縷衣寬認得這疎狂意下向人誚譬如閒把芳容陡頓恁地輕孤爭恐心安　依前過了舊約甚當初賺我偷剪香鬟幾時得歸來香閣深關待伊要尤雲滯雨纏鴛衾不與同歡儘更深款款問伊今後更敢無端

定風波

自春來慘綠愁紅芳心是事可可日上花梢鶯穿柳帶
猶壓香衾卧暖酥銷膩雲嚲終日厭厭倦梳裹無那恨
薄情一去音書無箇 早知恁麽悔當初不把雕鞍
鎖向雞窗只與蠻牋象管拘束教吟咏鎮相隨莫拋躲
針線閒拈伴伊坐和我免少年光陰虚過

許衷情近

雨晴氣爽竚立江樓望處澄明遠水生光重疊莫山聳
翠遥想斷橋幽徑隱隱漁村向晚孤烟起 殘陽裏脉

脈朱闌靜倚黯然情緒未飲先如醉愁無際莫雲過了
秋風老盡故人千里竟日空凝睇

又

幽閨畫永漸入清和氣序榆錢飄滿閒堦蓮葉嫩生翠
沼遙望水邊幽徑山崦孤村是處園林好　閑情悄綺
陌遊人漸少少年風韻自覺隨春老追先好帝城信阻
天涯目斷莫雲芳艸佇立空殘照

留客住

偶登眺凭小樓豔陽時節乍晴天氣是處閒花芳草遙山萬疊雲散漲海千里潮平波浩渺烟村院落是誰家綠樹數聲啼鳥旅情悄　遠信沈沈離魂杳杳對景傷懷度日無言誰表惆悵舊歡何處後約難憑看看春又老盈盈淚眼望仙鄉隱隱斷霞殘照

迎春樂

近來憔悴人驚怪為別相思憹我前生負你愁煩債便苦恁難開解　良夜永牽情無計錦被裏餘香猶在怎

得依前燈下恣意憐嬌態

隔簾聽

咫尺鳳衾鴛帳欲去無因到蝦鬚窣地重門悄認繡履頻移洞房杳杳彊語笑逞如簧再三輕巧梳妝早　琵琶閒抱愛品相思調聲聲似把苦心告隔簾贏得斷腸多少恁煩惱除非共伊知道

鳳歸雲

戀帝里金谷園林平康巷陌觸處繁華連日疎狂未嘗

輕負寸心雙眼況佳人盡天外行雲掌上飛燕向玳筵一一皆妙選長是因酒沈迷被花縈絆　更可惜淑景亭臺暑天枕簟霜月夜雪霰朝飛一歲風光盡堪隨分俊遊清宴算浮生事瞬息光陰錙銖名宦正歡笑試恁暫分散即是恨雨愁雲地遙天遠

抛毬樂

曉來天氣濃淡微雨輕灑近清明風絮巷陌烟草池塘盡堪圖畫豔杏暖妝臉匀開弱柳困宫腰低亞是處麗

簡盈盈巧笑嬉嬉爭簇鞦韆架戲綵毬羅綬金雞芥羽
少年馳騁芳郊綠野占斷五陵遊奏脆管繁絃聲和雅
向名園深處爭泥畫輪競羈寶馬　取次羅列杯盤就
芳樹綠影紅陰下舞婆娑歌宛轉髣髴鶯嬌燕姹寸珠
片玉爭似濃歡無價任他美酒十千一斗飲竭仍解金
貂貰恣幕天席地陶陶盡醉太平且樂唐虞景化須信
艷陽天看未足已覺鶯花謝對綠蟻翠蛾怎生輕捨

集賢賓

小樓深巷狂遊徧羅綺成叢就中堪人屬意最是蟲蟲有畫難描雅態無花可比芳容幾回飲散良宵永鴛衾鳳枕香濃算得人間天上惟有兩心同　近來雲雨每西東誚惱損情悰縱然偷期暗會長似怱怱爭似和鳴諧老免教斂翠啼紅眼前時暫疎歡宴盟言在更莫忡忡待作眞箇宅院方信有初終

殢人嬌

當日相逢便有憐才深意歌筵罷偶同鴛被別來光景

看看經歲。昨夜裏、方把舊歡重繼。曉月將沈，征驂已鞴，愁腸亂、又還分袂。良辰美景，恨浮名牽繫。無分得、與你恣情濃睡。

思歸樂

天幕清和堪宴聚。想得盡、高陽儔侶。皓齒善歌長袖舞。漸引入、醉鄉深處。　晚歲光陰能幾許。這巧宦、不須多取。共君把酒勸杜宇。再三喚、人歸去。

應天長

殘蟬聲漸絶傍碧砌修梧敗葉微脱風露凄清正是登
高時節東籬霜乍結綻金蘂嫩香堪折聚宴處落帽風
流未饒前哲　把酒與君説恁好景佳辰恐虚設休效
牛山空對江天凝咽塵勞無暫歇遇良會剩偷歡悦清
歌未闋盃興方濃莫便中輟

合歡帶

身材兒早是妖嬈算舉措實難描一箇肌膚渾似玉更
都來占了千嬌妍歌豔舞鸎慚巧舌柳妒纖腰自相逢

便覺韓娥價減飛燕聲銷　桃花零落溪水潺湲重尋仙徑非遙莫道千金酬一笑便明珠萬斛須邀檀郎幸有淩雲詞賦擲果風標況當年便好相攜鳳樓深處吹簫

少年遊

長安古道馬遲遲高柳亂蟬嘶夕陽島外秋風原上目斷四天垂　歸雲一去無蹤跡何處是前期狎興生疎酒徒蕭索不似少年時

又

參差烟樹霸陵橋風物盡前朝衰楊古柳幾經攀折憔悴楚宮腰　夕陽閒淡秋光老離思滿蘅臯一曲陽關斷腸聲盡獨自上蘭橈

又

層波瀲灔遠山横一笑一傾城酒容紅嫩歌喉清麗百媚坐中生　墻頭馬上初相見不凖擬恁多情昨夜盃闌洞房深處特地快逢迎

又

世間尤物意中人輕細好腰身香幃睡起發妝酒釅紅臉杏花春　嬌多愛把齊紈扇和笑掩朱唇心性温柔品流詳雅不稱在風塵

又

淡黄衫子鬱金裙長憶箇人人文談閒雅歌喉清麗舉措好精神　當初為倚深深寵無箇事愛嬌嗔想得别來舊家模樣只恁翠蛾顰

又

鈴齋無訟宴遊頻羅綺簇簪纓施朱傅粉豐肌清骨容態盡天真歌裀舞扇花光裏翻回雪駐行雲綺席闌珊鳳燈明滅誰是意中人

又

簾垂深院冷蕭蕭花外漏聲遥青燈未滅紅窗閒卧魂夢去迢迢　薄情謾有歸消息鴛鴦被半香銷試問伊家阿誰心緒禁得恁無憀

又

一生贏得淒涼追前事暗心傷好天良夜深屏香被爭忍便相忘　王孫動是經年去貪迷戀有何長萬種千般把伊情分顛倒盡猜量

又

日高花榭懶梳頭無語倚妝樓修眉斂黛遙山横翠相對結春愁　王孫走馬長秋陌貪迷戀少年遊似恁踈狂費人拘管爭似不風流

又

佳人巧笑值千金當日偶情深幾回飲散燈殘香暖好事盡鴛衾　如今萬水千山阻魂杳杳信沈沈孤棹烟波小樓風月兩處一般心

中吕調

戚氏

晚秋天一霎微雨灑庭軒檻菊蕭踈井梧零亂惹殘烟淒然望鄉關飛雲黯淡夕陽間當時宋玉悲感向此臨

水與登山遠道迢遞行人淒楚倦聽隴水潺湲正蟬吟敗葉蛩響衰草相應喧喧　孤館度日如年風露漸變悄悄至更闌長天靜絳河清淺皓月嬋娟思綿綿夜永對景那堪屈指暗想從前未名未祿綺陌紅樓往經歲遷延　帝里風光好當年少日莫宴朝歡況有狂朋怪侶遇當歌對酒競留連別來迅景如梭舊遊似夢裏水程何限念浮名憔悴長縈絆追往事空慘愁顏似箭移稍覺輕寒聽嗚咽畫角數聲殘對閑窗畔停燈向曉抱

影無眠

輪臺子

一枕清宵好夢可惜被鄰雞喚覺悤悤策馬登途滿目淡烟衰艸前驅風觸鳴珂過霜林漸覺驚棲鳥冒征塵遠況自古凄涼長安道　行行又歷孤村楚天闊望中未曉念勞生惜芳年壯歲離多歡少歎斷梗難停莫雲漸杳但黯黯銷魂寸腸憑誰表恁驅驅何時是了又爭似却返瑤京重買千金笑

引駕行

虹收殘雨蟬嘶敗柳長堤莫背都門動銷黯西風片帆輕舉愁覩泛畫鷁翩翩靈鼉隱隱下前浦忍回首佳人漸遠想高城隔烟樹幾許　秦樓永晝謝閣連宵奇遇算贈笑千金酬歌百琲盡成輕負南顧念吳邦越國風烟蕭索在何處獨自箇千山萬水指天涯去

望遠行

繡幃睡起殘粧淺無緒勻紅鋪翠藻井凝塵金堦鋪蘚

寂寞鳳樓十二風絮紛紛烟蕪苒苒永日畫欄沈吟獨倚望遠行南陌春殘悄歸騎　凝眸消遣離愁無計但暗擲金釵買醉好景空飲香醪爭奈轉添珠淚待伊遊冶歸來故故解放翠羽輕裙重繫見纖腰圖信人憔悴

彩雲歸

蘅臯向晚艤輕航卸雲帆水驛魚鄉當暮天霽色如晴晝江練靜皓月飛光那堪聽遠村羌管引離人斷腸此際浪萍風梗度歲茫茫　堪傷朝歡暮散被多情賦與

淒涼別來最苦襟袖依約尚有餘香算得伊鴛衾鳳枕夜永爭不思量牽情處惟有臨岐一句難忘

洞仙歌

佳景留心慣況年少彼此風情非淺有笙歌巷陌綺羅庭院傾城巧笑如花面恣雅態明眸回美盼同心綰算國豔仙材翻恨相逢晚繾綣　洞房悄悄繡被重重夜永歡餘共有海約山盟記得翠雲偷翦和鳴彩鳳于飛燕閒柳徑花陰攜手徧情眷戀向其間密約輕憐事何

限恐聚散況已結深深願願人間天上莫雲朝雨長相見

離別難

花謝水流倏忽嗟年少光陰有天然蕙質蘭心美韶容何啻值千金便因甚翠弱紅衰纏綿香體都不勝任算神仙五色靈丹無驗中路委瓶簪　人悄悄夜沈沈閉香閨永棄鴛衾想嬌魂媚魄非遠總洪都方士也難尋最苦是好景良天尊前歌笑空想遺音望斷處杳杳巫

峯十二千古莫雲深

擊梧桐

香靨深深姿姿媚媚雅格奇容天與自識來來便好看
伊會得妖嬈心素臨岐再約同歡定是都把平生相許
又恐恩情易破難成未免千般思慮　近日書來寒暄
而已苦沒忉忉言語便認得聽人教當擬把前言輕負
見說蘭臺宋玉多才多藝善詞賦試與問朝朝莫莫行
雲何處去

欽定四庫全書

夜半樂

凍雲黯淡天氣扁舟一葉乘興離江渚渡萬壑千巖越溪深處怒濤漸息樵風乍起更聞商旅相呼片帆高舉泛畫鷁翩翩過南浦望中酒旆閃閃一簇烟村數行霜樹殘日下漁人鳴榔歸去敗荷零落衰楊掩映岸邊兩兩三三浣紗遊女避行客含羞相笑語 到此因念繡閣輕拋浪萍難駐後約丁寧竟何據慘離懷空恨歲晚歸期阻凝淚眼杳杳神京路斷鴻聲遠長天暮

祭天神

歎笑筵歌席輕拋軃背孤城幾舍烟村停畫舸更深釣叟歸來數點殘燈火被連綿宿酒醺醺愁無那　寂寞擁重衾臥又聞得行客扁舟過蓬窗近蘭棹急好夢還驚破念平生單棲蹤跡多感情懷到此厭厭向曉披衣坐

過澗歇

淮楚曠望極千里火雲燒空盡日西郊無雨厭行旅數

幅輕帆漸落艤棹蒹葭浦避畏景兩兩舟人夜深語此際爭可便恁奔名競利去九衢塵裏衣冠冒炎暑回首江鄉月觀風亭水邊石上幸有散髮披襟處

中吕調

安公子

長川波瀲灔楚鄉淮岸迢遞一霎烟汀雨過芳州青如染驅驅攜書劍當此好天好景自覺多愁多病行役心情厭望處曠野沉沉莫雲黯黯行侵夜色又是急槳

投村店認去程將近舟子相呼遥指漁燈一點

菊花新

欲掩香幃論繾綣先斂雙蛾愁夜短催促少年郎先去
睡鴛衾圖暖　須臾放了殘針線脱羅裳恣情無限留
著帳前燈時時待看伊嬌面

平調

望漢月

明月明月明月何事乍圓還缺恰如年少洞房人歡會

依前離别 小樓凭檻處正是去年時節千里清光又
依舊奈夜永厭厭人絶
歸去來
初過元宵三五慵困春情緒燈月闌珊嬉遊處遊人盡
厭歡聚 憑仗如花女持杯謝酒朋詩侶餘酲更不禁
香醪歌筵舞且歸去
長壽樂
尤紅殢翠近日來陡把狂心牽繫羅綺叢中笙歌筵上

有箇人人可意解嚴粧巧笑次姿則成嬌媚知幾度密約秦樓盡醉仍攜手眷戀香衾繡被　情漸美算好把夕雨朝雲相繼便是仙禁春深御爐香裊臨軒親試對

燕歸梁

織錦裁篇寫意深字值千金一回披翫一愁吟腸成結淚盈襟　幽歡已散前期遠無聊賴是而今密憑歸燕寄芳音恐冷落舊時心

南呂調

透碧霄

月華邊萬年芳樹起祥烟帝居壯麗皇家熙盛寶運當千端門清晝觚稜照日雙闕中天太平時朝夜多歡徧錦街香陌鈞天歌吹閬苑神仙　昔觀光得意狂遊風景再覩更精妍傍柳陰尋花徑空恁嚲轡垂鞭樂遊雅戲平康艷質應也依然仗何人多謝嬋娟道宦途蹤跡歌酒情懷不似當年

木蘭花慢

倚危樓竚立乍蕭索晚晴初漸素景衰殘風砧韻冷霜樹紅疎雲衢見新雁過奈佳人自別阻音書空遺悲秋念遠寸腸萬恨縈紆　皇都暗想歡遊成往事動欷歔念對酒當歌低幃並枕翻恁輕孤歸途縱凝望處但斜陽莫靄滿平蕪贏得無言悄悄凭闌盡日踟躕

又　清明

拆桐花爛熳乍疎雨洗清明正焰杏燒林緗桃繡野芳景如屏傾城盡尋勝去驟雕鞍紺幰出郊坰風暖繁絃

翠管萬家競奏新聲　盈盈鬬草踏青人豔冶遞逢迎
向路傍往往遺簪墮珥珠翠縱横歡情對佳麗地信金
罍罄竭玉山傾拚却明朝永日畫堂一枕春酲

又

古繁華茂苑是當日帝王州詠人物鮮明土風細膩曾
美詩流尋幽近香徑處聚蓮娃釣叟簇汀洲晴景吳波
練靜萬家緑水朱樓　凝眸乃睠東南思共理命賢侯
繼楚得文章樂天惠愛布政優優鼇頭況虛位久遇名

都勝景且淹留贏得蘭堂醞酒畫船攜妓歡遊

臨江仙

渡口向晚乘瘦馬陟崇岡西郊又送秋光對莫山横翠襯殘葉飄黄憑高念遠素景楚天無處不淒涼　香閨別來無信息雲愁雨恨難忘指帝城歸路但烟水茫茫凝情望斷淚眼盡日獨立斜陽

又

上國去客停飛蓋促離筵長安古道綿綿見岸花啼露

對堤柳愁烟物情人意向此觸目無處不淒然　醉擁
征驂猶佇立盈盈淚眼相看況繡幃人靜更山館春寒
今宵怎向漏永頓成兩處孤眠

瑞鷓鴣

寶髻瑤簪嚴粧巧天然綠媚紅深綺羅叢裏獨逞謳吟
一曲陽春定價何啻值千金傾聽處王孫帝子鶴蓋成
陰　凝態掩霞襟動象板聲聲怨思難任嘹喨處回壓
絃管低沈時恁迴眸斂黛空役五陵心須信道緣情寄

意别有知音

憶帝京

薄衾小枕涼天氣乍覺别離滋味展轉數寒更起了還重睡畢竟不成眠一夜長如歲　也擬把却回征轡又争奈已成行計萬種思量多方開解只恁寂寞厭厭地繫我一生心負你千行淚

仙呂調

如魚水

輕靄浮空亂峯倒影瀲灔十里銀塘繞岸垂楊紅樓朱閣相望芰荷香雙雙戲瀨鸂鶒乍雨過蘭芷汀洲望中依約似瀟湘 風淡淡水茫茫動一片晴光畫舫相將盈盈紅粉清商紫薇郎修禊飲且樂仙鄉便歸去徧歷鑾坡鳳沼此景也難忘

玉蝴蝶 秋思

望處雨收雲斷凭闌悄悄目送秋光晚景蕭踈堪動宋玉悲涼水風輕蘋花漸老月露冷梧葉飄黃遣情傷故

人何在烟水茫茫　難忘文期酒會幾辜風月屢變星霜海闊山遥未知何處是瀟湘念雙燕難憑遠信指莫天空識歸艎黯相望斷鴻聲裏立盡斜陽

又　春遊

漸覺芳郊明媚夜來膏雨一灑塵埃滿目淺桃深杏露染烟裁銀塘靜魚鱗簟展烟岫翠龜甲屏開殷晴雷雲中鼓吹遊徧蓬萊　徘徊隼旟前後三千珠履十二金釵雅俗熙熙下車成宴盡春臺好雍容東山妓女堪笑

傲北海尊罍且追陪鳳池歸去那更重來

又

是處小街斜巷爛遊花館連醉瑤巵選得芳容端麗冠絕吳姬絳脣輕笑歌盡雅蓮步穩舉措皆奇出屏幃倚風情態約素腰肢當時　綺羅叢裏知名雖久識面何遲見了千花萬柳比並不如伊未同歡寸心暗許欲話別纖手重攜結前期美人才子合是相知

又

誤入平康深巷畫簷深處朱箔微褰羅綺叢中偶認舊識嬋娟翠眉開嬌橫遠岫綠鬢嚲濃染春烟憶情牽粉牆曾恁窺宋三年遷延 珊瑚筵上親持犀斝旋疊香箋要索新詞殢人含笑立尊前按新聲珠喉漸穩想舊意波臉增妍苦留連鳳衾鴛枕忍負良天

又

淡蕩素商行莫遠空雨歇平野烟收滿目江山堪助楚客冥搜素光動雲濤漲晚紫翠冷霜巘橫秋景清幽渚

蘭香謝汀樹紅愁良儔　西風吹帽東籬攜酒共結歡
遊淺酌低吟坐中俱是飲家流對殘暉登臨休歎賞令
節酩酊方酬且相留眼前尤物盞裏忘憂

滿江紅 桐川

莫雨初收長川靜征帆夜落臨島嶼蓼烟踈淡葦風蕭
索幾許漁人飛短艇盡將燈火歸村落遣行客當此念
回程傷漂泊　桐江好烟漠漠波似染山如削遶嚴陵
灘畔鷺飛魚躍遊宦區區成底事平生況有雲泉約歸

去來一曲仲宣吟從軍樂

又

訪雨尋雲無非是奇容豔色就中有天真妖麗自然標格惡發姿顏歡喜面細追想處皆堪惜自別後幽怨與閒愁成堆積　鱗鴻阻無信息魂夢斷難尋覓儘思量休又怎生休得誰恁多情憑向道總來相見且相憶便不成長遺似如今輕拋擲

又

萬恨千愁將年少衷腸牽繫殘夢斷酒醒孤館夜長滋
味可惜許枕前多少意到如今兩總無終始獨自箇赢
得不成眠成憔悴　添傷感施何計空只恁厭厭地無
人處思量幾度垂淚不會得都來些子事甚恁底死難
拚棄待到頭終久問伊著如何是

洞仙歌

乘興閒泛蘭舟渺渺烟波東去淑氣散幽香滿蕙蘭江
渚緑蕪平畹和風輕暖曲岸垂楊隱隱隔桃花塢芳樹

外閃閃酒旗遥舉羈旅　漸入三吴風景水村漁浦閒
思更遶神京拋擲幽會小歡何處不堪獨倚危樓凝情
西望日邊繁華地歸程阻空自歎當時言約無據傷心
最苦竚立對碧雲將莫關河遠怎奈向此時情緒

引駕行

紅塵紫陌斜陽莫州長安道是誰人斷䰟處迢迢匹馬
西征新晴韶光明媚輕烟淡薄和氣暖望花村路隱映
搖鞭時過長亭愁生傷鳳城仙子别來千里重行行又

記得臨岐淚眼濕蓮臉盈盈銷凝 花朝月夕最苦冷落銀屏想媚容耿耿無限屈指已算回程相縈空萬般思憶爭如歸去覩傾城向繡幃深處並枕說如此牽情

望遠行 冬雪

長空降瑞寒風翦淅淅瑤華初下亂飄僧舍密灑歌樓迤邐漸迷鴛瓦好是漁人披得一簑歸去江上晚來堪畫滿長安高卻旗亭酒價 幽雅乘興最宜訪戴泛小棹越溪瀟灑皓鶴奪鮮白鷳失素千里廣鋪寒野須信

幽蘭歌斷同雲收盡別有瑤臺瓊樹放一輪明月交光
清夜

八聲甘州

對蕭蕭莫雨灑江天一番洗清秋漸霜風淒緊關河冷落殘照當樓是處紅衰緑減苒苒物華休惟有長江水無語東流　不忍登高臨遠望故鄉渺邈歸思難收歎年來蹤跡何事苦淹留想佳人妝樓顒望誤幾回天際識歸舟爭知我倚闌干處正恁凝眸

臨江仙

夢覺小庭院冷風淅淅疎雨瀟瀟綺窗外秋聲敗葉狂飄心搖奈寒漏永孤幃悄淚燭空燒無端處是繡衾鴛枕閑過清宵蕭條牽情繫恨爭向年少偏饒覺新來憔悴舊日風標魂銷念歡娛事烟波阻後約方遥還經歲問怎生禁得如許無聊

竹馬子

登孤壘荒涼危亭曠望靜臨烟渚對雌霓掛雨雄風拂

檻微收煩暑看一葉驚秋殘蟬噪晚素商時序覽景想前歡指神京非霧非烟深處　向此成追感新愁易積故人難聚憑高盡日凝佇贏得銷魂無語極目霽靄霏微烏鴉零亂蕭索江城莫南樓畫角又逐殘陽去

望海潮

東南形勝三吳都會錢塘自古繁華烟柳畫橋風簾翠幙參差十萬人家雲樹遶堤沙怒濤捲霜雪天塹無涯市列珠璣戶盈羅綺競豪奢　重湖疊巘清嘉有三秋

桂子十里荷花羌管弄晴菱歌泛夜嬉嬉釣叟蓮娃千騎擁高牙乘醉聽簫鼓吟賞烟霞異日圖將好景歸去鳳池誇

小鎮西

意中有箇人芳顏二八天然俏自來奸黠最奇絶是笑時媚靨深深百態千嬌再三偎着再三香滑久離缺夜來魂夢裏尤花殢雪分明似舊家時節正歡悦被雞聲喚起一場寂寞無眠向曉空有半窗殘月

小鎮西犯

水鄉初禁火青春未老芳菲滿柳汀烟島波際紅幃縹緲盡盃盤小歌祓禊聲聲諧楚調路遼遶 野橋新市裏花穠妓好引遊人競來歡笑酩酊誰家年少信玉山倒家何處落日眠芳艸

迷神引

一葉扁舟輕帆捲暫泊楚江南岸孤城莫角引悲笳怨水茫茫平沙雁旋驚散烟斂寒林簇畫屏展天際遙山

小黛眉淺　舊賞輕抛到此成遊宦覺客程勞年光晚

異鄉風物忍蕭索當愁眼帝城賒秦樓阻旅魂亂芳艸

連空闊殘照滿佳人無消息斷雲遠

促拍滿路花

香靨融春雪翠鬟嚲秋烟楚腰纖細正蹁躚鳳幃夜短

偏愛日高眠起來貪顛傻只恁殘却黛眉不整花鈿

有時攜手閒坐偎倚緑窗前温柔情態儘人憐畫堂春

過悄悄落花天長是嬌癡處尤殢檀郎未教折了鞦韆

六幺令

澹煙殘照搖曳溪光碧溪邊殘桃深杏迤邐染春色昨夜扁舟泊處枕展當灘磧波聲漁笛驚回好夢夢裏欲歸歸不得　展轉翻成無寐因此傷行役思念多媚多嬌咫尺千山隔都為深情密愛不忍輕離拆好天良夕鴛帷寂靜算得也應暗思憶

剔銀燈

何事春工用意繡畫出萬紅千翠艷杏夭桃垂楊芳艸

各鬬雨膏烟膩如斯佳致早晚是讀書天氣　漸漸園林明媚便好安排歡計論籃買花盈車載酒百琲千金邀妓何妨沈醉有人伴日高春睡

紅窗睡

如削肌膚紅玉瑩峯舉措有許多端正二年三歲同鴛寢表温柔心性　别後無非良夜永如何向名牽利役歸期未定算伊心裏却寃人薄倖

臨江仙

鳴珂碎撼都門曉旌幢擁下天人馬搖金鑾破香塵壺漿盈路歡動帝城春　揚州曾是追遊地酒臺花徑仍存鳳簫依舊月中聞荊王魂散應認嶺頭雲

鳳歸雲

向深秋雨餘爽氣肅西郊陌上夜闌襟袖起涼飈天半殘星流電未滅閃閃隔林梢又是曉雞聲斷陽烏光動漸分山路迢迢　驅驅行役苒苒光陰蠅頭利祿蝸角功名畢竟成何事謾相高抛擲雲泉狎翫塵土壯節等

閒銷幸有五湖烟浪一船風月會須歸老漁樵

女冠子

淡烟飄薄鶯花謝清和院落樹陰翠密葉成幄麥秋霽景夏雲忽變奇峯倚寥廓波暖銀塘漲新萍緑魚躍想端憂多暇陳王是日嫩苔生閣　正鑠石天高流金晝永楚榭風光轉蕙披襟處波翻翠幙以文會友沉李浮瓜忍輕諾别館清閒避炎蒸豈須河朔但尊前隨分雅歌豔舞盡成歡樂

玉山枕

驟雨新霽。蕩原野、清如洗。斷霞散彩，殘陽倒影，天外雲峯，數朶相倚。露荺烟芰滿池塘，見次第、幾番紅翠。當是時、河朔飛觴，避炎蒸，想風流堪繼。　晚來高樹清風起。動簾幙、生秋氣。畫樓晝寂，蘭堂夜靜，舞艷歌姝，漸任羅綺。訟閑時泰足風情，便爭奈、雅歌都廢。省教成、幾闋新歌，盡新聲，好尊前重理。

減字木蘭花

花心柳眼郎似遊絲常惹絆獨為誰憐繡線金針不喜
穿 深房密讌爭向好天多聚散綠鎖窗前幾日勾留
廢管絃

玉樓春 一刻蘇子瞻

有箇人人真堪笑問却佯羞回却面你若無意向咱行
為甚夢中頻相見 不如閒早還却願免使牽人魂夢
亂風流腸肚不堅牢只恐被伊牽惹斷

甘州令

凍雲深淑氣淺寒欺綠野輕雪伴早梅飄謝豔陽天正明媚却成瀟灑玉人歌畫樓酒對此早驟增高價 賣花巷陌放燈臺榭好時代怎生輕捨賴和風蕩霽靄廓清良夜玉塵鋪桂華滿素光裏更堪遊冶

西施

苧蘿妖豔世難偕善媚悅君懷後庭恃愛寵盡使絕嫌猜正恁朝歡莫宴情未足早江上兵來 捧心調態軍前死羅綺旋變塵埃至今想怨魂無主尚徘徊夜夜姑

蘇城外當時月但空照荒臺

河轉

翠深紅淺愁娥黛蹙嬌波刀剪奇容妙妓互逞舞裀歌扇粉光粉面　坐中醉客風流慣尊前見特地驚狂眼不似少年時節千金爭選相逢何太晚

又

淮岸向晚圓荷向背芙蓉深淺仙娥畫舸露清江芳交亂難分花與面　采多漸覺輕船滿呼歸伴急槳烟波

遠隱隱棹歌漸被蒹葭遮斷曲終人不見

黄鍾調

傾盃

水香天氣灑蒹葭露結寒生早客館更堪秋杪空堦下

木葉飄零颯颯聲乾狂風亂埽當無緒人靜酒初醒天

上征鴻知送誰家歸信穿雲悲叫蛩響幽窗風窺寒硯

一點銀釭閒照夢枕頻驚愁衾半擁萬里歸心悄悄往

事追思多少贏得空使方寸撓斷不成眠此夜厭厭就

中難曉

大石調

傾盃

金風淡蕩漸秋光老清宵永小院新晴天氣輕烟乍歛皓月當軒練淨對千里寒光念幽期阻當殘景早是多愁多病那堪細把舊約前歡重省最苦碧雲信斷仙鄉路杳歸鴻難倩每高歌強遣離懷奈慘咽翻成心耿耿漏殘露冷空贏得悄悄無言愁緒終難整又是立盡梧

桐清影

般沙調

塞孤

一聲雞又報殘更歌秣馬巾車催發州州主人燈下别山路險新霜滑瑤珂響起棲烏金鐙冷敲殘月漸西風緊襟袖凄裂遥指白玉京望斷黄金闕遠道何時行徹算得佳人凝恨切應念念歸時節相見了執柔荑幽會處偎香雪免鴛衾兩恁虚設

瑞鷓鴣

天將奇艷與寒梅乍驚繁杏臘前開暗想花神巧作江南信鮮染燕脂細剪裁　壽陽妝罷無端飲凌晨酒入香腮恨聽烟塢深中誰恁吹羌笛逐風流絳雪紛紛落翠苔

又

三吳嘉景古風流渭南往歲憶來遊西子方來越相巧成去千里滄波一葉舟　至今無限盈盈者盡來拾翠

芳洲最好簇簇寒竹遥認南朝畫晚烟收三兩人家古
渡頭

洞仙歌

嘉景況少年彼此争不雨沾雲惹奈傅粉英俊夢蘭品
雅金絲帳暖銀屏亞並粲枕輕倚緑嬌紅姹算一笑百
琲明珠非價閑暇　每只向洞房深處痛憐極寵似覺
些子輕孤早恁背人沾灑從來嬌縱多猜訝更對翦香
雲深要深心同寫愛印了雙眉索人重畫恐負盟治斷

不等閑輕捨鴛鴦衾下願常恁好天良夜

安公子

遠岸收殘雨雨殘稍覺江天莫拾翠汀洲人寂静立雙雙鷗鷺望幾點漁燈掩映蒹葭浦停畫橈兩兩舟人語道去程今夜摇指前村烟樹　遊宦成羈旅短檣吟倚閒凝竚萬水千山迷遠近想鄉關何處自别後風亭月榭孤歡聚剛斷腸苦得離情苦聽杜宇聲聲勸人不如歸去

又

夢覺清宵半悄然屈指聽銀箭惟有牀前殘淚燭啼紅相伴暗惹起雲愁雨恨情何限從卧來展轉千餘遍任數重鴛被怎向孤眠不暖　堪恨還堪歎當初不合輕分散及至厭厭獨自箇却眼穿腸斷似恁地深情密愛如何拚雖後約的有于飛願奈片時難過怎得如今便見

林鍾商

玉樓春 杏花

剪裁用盡春工意淺蘸朝霞千萬蘂天然淡泞好精神洗盡嚴粧方見媚　風亭月榭閒相倚紫玉枝梢紅臘蔕假饒花落未銷愁煑酒盃盤催結子

又 海棠

東風催露千嬌面欲綻紅深開處淺日高梳洗甚時歡點滴臙脂勻未徧　霏微雨罷殘陽院洗出都城新錦段美人纖手摘芳枝插在釵頭和鳳顫

又 柳枝

黄金萬縷風牽細寒食初頭春有味殢烟尤雨索春饒一日三眠誇得意 章街隋岸歡遊地高拂樓臺低映水楚王空待學風流餓損宫腰終不似

傾盃樂 水調

樓鎖輕烟水横斜照遙山半隱愁碧片帆岸遠行客路杳簇一天寒色楚梅映雪數枝豔報青春消息年華夢促音信斷聲遠飛鴻南北 算伊别來無緒翠銷紅減

雙帶長拋擲但淚眼沈迷看朱成碧惹閒愁堆積雨意
雲心酒情花態辜負高陽客

祭天神 歇指調

憶繡衾相向輕輕語屏山掩紅蠟長明金獸盛熏蘭炷
何期到此酒態花情頓辜負愁腸斷還是黄昏那更滿
庭風雨聽空堦和漏碎聲鬭滴愁眉聚算伊還共誰人
争知此冤苦念千里烟波迢迢前約舊歡省一向無心
緒

中呂調

燕歸梁

輕躡羅鞋掩絳紗傳音耗若相招語聲猶顫不成嬌乍得見兩魂銷 悤悤草草難留戀還歸去又無聊若諧雨夕與雲朝得似箇有囂囂

夜半樂

艷陽天氣烟細風暖芳草郊燈明閒凝竚漸粧點亭臺參差佳樹舞腰困力垂楊綠映淺桃穠李夭夭嫩紅光

數度綺燕流鶯鬬雙語翠娥南陌簇簇躡影紅陰緩移
嬌步擡粉面韶容花光相妒絳綃袖舉雲鬟風顫半遮
檀口含羞背人偷顧競鬬草金釵笑爭賭對此嘉景頓
覺銷凝惹成愁緒念解珮輕盈在何處忍良時辜負少
年等閒度空望極回首斜陽暮歎浪萍風梗如何去

安陸集

張先

欽定四庫全書　　　　集部十

安陸集　　　　詞曲類詞集之屬

提要

臣等謹案安陸集一卷宋張先撰案仁宗時有兩張先皆字子野其一博州人樞密副使張遜之孫天聖三年進士官至知亳州卒於寶元二年歐陽修為作墓誌者是也其一烏程人天聖八年進士官至都官郎中即作此

集者是也道山清話誤以博州張先為此張先誤之甚矣張鐸湖州府志稱先有文集一百卷惟樂府行於世宋史藝文志載先詩集二十卷陳振孫十詠圖跋稱偶藏子野詩一帙名安陸集舊京本也鄉守楊嗣翁見之因取刻之郡齋云云案此跋載周密齊東野語則振孫時其集尚存然振孫作直齋書錄解題乃惟載張子野詞一卷而無其詩集殊不解其何故也

自明以來併其詞集亦不傳故毛晉刻六十家詞獨不及先此本乃近時安邑葛鳴陽所輯凡詩八首詞六十八首其編次雖以詩列詞前而為數無幾今從其多者為主録之於詞曲類中考蘇軾集有題張子野詩集後曰子野詩筆老妙歌詞乃其餘技耳華州西溪詩云浮萍破處見山影野艇歸時聞草聲案石林詩話瀛奎律髓草聲並誤作櫓聲近時安邑葛氏刊本據漁隱叢話改正今從之與

余和詩云愁似鰥魚知夜永懶同蝴蝶為春忙若此之類皆可以追配古人而世俗但稱其歌詞昔周昉畫人物皆入神品而世俗但知有周昉仕女皆所謂未見好德如好色者歟云云然軾所舉二聯皆涉纖巧自此二聯外今所傳者惟吳江一首稍可觀然欲圖江色不上筆靜覓鳥聲深在蘆一聯亦有纖巧之病平心而論要為詞勝於詩當時以張三

影得名殆非無故軾所題跋當由好為高論
未可據為定評也乾隆四十九年十一月恭
校上
總纂官臣紀昀臣陸錫熊臣孫士毅
總校官臣陸費墀

欽定四庫全書

安陸集
提要

欽定四庫全書

安陸集

宋　張先　撰

詞

清平樂

屏山斜展帳卷紅綃半泥淺曲池飛海燕風度楊花滿院　雲愁雨恨空深覺來一枕春陰隴上梅花落盡江南消息沈沈

卜算子慢

溪山别意烟樹去程日落采蘋春晚欲上征鞍吴興𠍚文補作鞍更掩翠簾回面相盼惜彎彎淺黛長長眼奈畫閣歡遊也學狂花亂絮萬紅友詞律作狂風飛絮輕散　水影横池館對靜夜無人月高雲遠一餉凝思兩眼淚痕還難滿遣恨私書又逐東風斷縱夢澤層樓萬尺望湖山那見

木蘭花

西湖楊柳風流絶滿縷青春看贈别牆頭簌簌暗飛花

山外陰陰初落月　秦姬穠麗雲梳髮持酒聽歌留晚
發驪駒應亦解人情欲出重城嘶不歇

又　鄧州作

青銅貼水萍無數臨曉西湖春漲雨泥新輕燕面前飛
風慢落花衣上住　紅裙空解烟蛾聚雲月却能隨馬
去明朝何處上高臺回認玉峰山下路

又　去春自湖歸杭憶南園花已開有當時猶有蘂如梅之句今歲還鄉南園正盛復為此詞以寄意

去年春入芳菲國青蘂如梅方忍摘欄邊徒欲說相思

綠蠟密緘朱粉飾　歸來故苑重尋覓花滿舊枝心更惜

鴛鴦從小自雙雙若不多情頭不白

又（乙卯吳興寒食）

龍頭舴艋吳兒競筍柱鞦韆遊女竝芳洲拾翠暮忘歸

秀野踏青來不定　行雲去後遙山暝已放笙歌池院

靜中庭月色正清明無數楊花過無影

憶秦娥

參差竹吹斷相思曲情不足西北有（詞律作高）樓窮遠目

憶苕溪寒影透清玉秋鴈南飛速菰草應綠下溪頭沙
上宿

慶春澤

飛閣危橋相倚人獨立東風滿衣輕絮還記憶江南如
今天氣正白蘋花遶隄漲流水　寒梅落盡誰倚方春
意無窮青空千里愁草樹依依關城初閉對月黃昏角
聲傍烟起

山亭宴　有美堂贈彥猷主人

宴堂永晝喧簫鼓倚青空畫欄紅柱玉瑩紫微人藹和氣春融日煦故宫池館更樓臺約風月今宵何處湖水動鮮衣競拾翠湖邊路　落花蕩漾怨空樹曉山靜數聲杜宇天意送芳菲正黯淡疎烟短雨新歡寧似舊歡長此會散幾時還聚試為挹飛雲問解相思否

鶯牡丹　舟中聞雙琵琶

野綠連空天青垂水素色溶漾都淨柔柳搖搖墜輕絮無影汀洲日落人歸修巾薄袂擷香拾翠相競如解凌

波泊渚烟春暝　緣縚朱索先整宿繡屏畫船風定金鳳響雙槽彈出今古幽思誰省玉盤大小亂珠迸酒上糚面花豔媚相並重聽盡漢妃一曲江空月靜宋詞律曰此調多訛字如古今詩話所載子野警句柳徑無人墮飛絮無影正是此篇今本作柔柳搖搖墜輕絮無影定係訛錯推此則通篇訛錯無疑

好事近　和毅夫內翰梅花

月色透橫枝短葉小花無力北客一聲長笛怨江南先得　誰教強半臘前開多情為春憶留取大家須醉幸

休風息

畫堂春

外湖蓮子長參差霽山青處鷗飛水天溶漾畫橈遲人影欄中移　桃葉淺聲雙唱杏紅深色青衣小荷障面避斜暉分得翠陰歸

踏莎行

衾鳳猶温籠鸚尚睡宿糚稀淡眉成字映花避月上迴廊珠裙褶褶輕垂地　翠幙成波新荷貼水紛紛烟絮

低還起重牆遶處更重門春風無路通深意

于飛樂

寶奩開菱鑑淨一掬清蟾新粧臉旋學花添蜀紅衫雙繡蝶裙縷鶼鶼尋思前事小屏風仍畫江南　怎空教草解宜男柔桑暗又過春蠶正陰晴天氣更瞑色相兼幽期消息曲房西碎月篩簾

惜瓊花

汀蘋白苕水碧每逢花駐樂隨處歡席別時攜手看春

色螢火而今飛破秋夕　河流如帶窄任輕舟　案詞律曰此調只後起五字不同餘平仄無一字不合後段任輕下各家詞選俱落一字夫上曰河流如帶矣則似葉者非舟而何豈一輕字可代舟乎況此正對每逢花駐樂五字無疑故用舟以補之　似葉何計歸得

斷雲孤鶩青山極樓上徘徊無盡相憶

河滿子　陪杭守泛湖夜歸

溪女送花隨處沙鷗避樂分行遊舸已如圖障裏小屏猶畫瀟湘人面新生酒艷日痕更欲春長　衣上交枝鬬色釵頭比翼相雙片段落霞明水底風紋時動粧光

賓從夜歸無月千燈萬火湖塘

醉垂鞭 錢塘送祖擇之

酒面灧金魚吳娃唱吳湖上玉殿白麻書侍君歸後除勾留風月好平湖曉翠峰孤此景出關無西州空畫圖

又

雙蜨繡羅裙東池宴初相見朱粉不深勻閒花淡淡春細看諸處好人人道柳腰身昨日亂山昏來時衣上

雲

謝池春慢 玉仙觀道中逢謝媚卿

繚牆重院，閒有流鶯到繡被。掩餘寒畫閣，明新曉。朱檻連空（一作雲）闊，飛絮無（草堂詩餘作舞）多少。徑莎平池水，渺日長風靜，花影閑相照。塵香拂馬，逢謝女城南道。秀艷過施粉，多媚生輕笑。鬬色鮮衣薄，碾玉雙蟬小。歡難偶春過了，琵琶流怨，都入相思調。

減字木蘭花 贈伎

垂螺近額走上紅裀初趂拍只恐驚飛擬倩游絲惹住伊文鴛繡履去似風流塵不起舞徹梁州頭上宮花顫未休案徐電發詞苑叢談曰子野詞垂螺近額晏小山詞雙螺未學同心綰垂螺雙螺蓋宋時角妓未破瓜時髮飾之名今秦中妓及撇演且色猶有此製

醉落魄

雲輕柳弱內家髻子新梳掠生香真色人難學橫管吹孤月淡天垂幕 朱唇淺破櫻桃萼倚樓人在闌干角夜寒指冷羅衣薄入霜林簌簌驚梅落

師師令 贈美人案詞苑叢談曰子野贈李師師作也

香鈿寶珥拂菱花如水學粧皆道稱時宜粉色有天然春意蜀綵衣長一作裳勝未起縱亂霞垂地 都城池苑誇桃李問東風何似不須回扇障清歌脣一點小于朱詞苑叢談作花蘂正值殘英和月墜寄此情千里

繫裙腰

濃草堂詩餘及詞綜皆作惜今從吳興藝文補改霜澹照夜雲天朦朧影畫勾闌人情縱似長情月算一年年又能得幾番圓 欲寄

西江題葉字流不到五亭前東池始有荷新緑尚小如
錢問何日藕幾時蓮

漁家傲 和程公關贈別

巴子城頭青草暮巴山重疊相逢處燕子占巢花脫樹
杯且舉瞿塘水濶舟難渡　天外吳門清霅路君家正
在吳門住贈我柳枝情幾許春滿縷為君將入江南去

原注來詞云折柳贈君君且住

碧牡丹

步障搖紅綺曉月墮沈烟砌綫板香檀唱徹伊家新製
怨入眉頭斂黛峯橫翠芭蕉寒雨聲碎 鏡華翳閑照
孤鸞戲思量去時容易鈿合瑤釵至今冷落輕棄望極
南橋但暮雲千里幾重山幾重水 案王辟道山清話云晏文獻為京兆辟張
先為通判新納侍兒公甚屬意先能為詩詞公雅重之
每張來令侍兒出侑觴往往歌子野所為之詞其後王
夫人浸不容公即出之一日子野至公與之飲子野作
此詞令營妓歌之至末句公聞之憮然曰人生行樂耳
何自苦如此亟命于宅庫支錢若干復取
前所出侍兒既來夫人亦不復誰何也

青門引 案草堂詩餘題曰春思一作懷舊

乍煖還輕冷風雨晚來方定庭軒寂寞近清明殘花中酒又是去年病　樓頭畫角風吹醒入夜重門靜那堪更被明月隔牆送過秋千影

生查子　彈箏案草堂詩餘作詠箏查他山詞評曰玩後四句乃是憶彈箏之人而作非詠箏也

含羞整翠鬟得意頻相顧鴈柱十三絃一一春鶯語嬌雲容易飛夢斷知何處深院鎖黃昏陣陣芭蕉雨以上見朱竹垞詞綜

一落索又名玉聯環

來時露浥衣香潤綵縧垂鬢卷簾還喜月相親把酒與
花相近西去陽關休問未歌先恨玉峯山下水長流
流水盡情無盡

偷聲木蘭花

雲籠瓊海梅花瘦外院重扉聯寶獸海月新生上得高
樓没奈情簾波不動銀釭小今夜夜長爭得曉欲夢
高唐祇恐覺來添斷腸

醉紅粧 一名雙雁兒

瓊林玉樹不相饒薄雲衣細柳腰一般粧樣百般嬌眉兒秀總如描 東風揺草雜花飄恨無計上青條更起雙歌郎且飲郎未醉有金貂

（草堂詩餘作服）

感皇恩

廊廟當時共代工睢陵千里約遠相從欲知賓主與誰同宗枝内黄閣舊有三公 廣樂起雲中湖山看畫軸兩仙翁武陵佳話幾時窮元豐際德星聚照江東

百媚娘

珠閣五雲仙子未省有誰能似百媚等應天乞與淨飾豔糚俱美取次芳華皆可意何處無桃李　蜀被錦文鋪水不放絲鸞雙戲樂事也知存後會爭奈眼前心裏綠皺小池紅疊砌花外東風起

燕春臺　案草堂詩餘題曰元夜

麗日千門紫烟雙闕瓊林又報春回殿角一作閣風微當時去燕還來五侯池館屏開探芳菲走馬重簾人語轔

轔車幰遠近輕雷　雕觴霞灩翠幙雲飛楚腰舞柳宮面糚梅金猊夜煖羅衣暗裹香媒洞府人歸笙歌院落燈火樓臺下蓬萊猶有花上月清影徘徊（宋詞苑英華笙歌句下無院落二字萬紅友以為後人誤增也）

歸朝歡

聲轉轆轤聞露井曉引（一作汲）銀缾牽素綆西園人語夜來風叢英飄墜紅成逕寶猊烟未冷蓮臺香蠟殘痕凝等身金誰能得意買此好風（草堂詩餘作光）景　粉落輕糚紅

吳興藝文補作溫玉瑩月枕橫釵雲墜嶺有情無物不雙棲文禽只合常交頸晝長集長字草堂詩餘作夜詞律從之注曰可平然下有春宵永句則非夜可知今據吳興藝文補改正歡豈定爭如翻作春宵永日曈曨嬌柔嬾起簾壓吳興藝文補作押陳後山詩話作幕捲花影以上見萬紅友詞律

浣溪沙

樓倚江邊百尺高暮烟收一作深處見歸橈一作烟中還未見歸橈幾時期信似春潮花片片飛風弄蝶一作葉柳陰陰下水平橋日長人去一作才過又今宵

又

錦帳重重捲暮霞屏風曲曲一作疊疊鬬紅牙恨人何事苦離家 枕上夢魂飛不去覺來紅日又西斜滿庭芳草襯殘花

又

春滿池塘花滿枝亂香深裏語黄鸝東風輕軟弄簾幃日正長時春夢短燕交飛處柳烟低玉牕紅子鬬棋時

菩薩蠻 案箏

哀箏一弄湘江曲聲聲寫盡湘波綠纖指十三絃細將幽恨傳當筵秋水慢玉柱斜飛鴈彈到斷腸時春山眉黛低

天仙子 案草堂詩餘題曰送春吳興藪文補題曰時為嘉禾小倅以病眠不赴府會

水調數聲持酒聽午醉一作睡醒來愁未醒送春春去幾時回臨晚鏡傷流景往事悠悠草堂舊刻本作後期空記省沙上竝一作水禽池上暝雲破月來花弄影重重翠吳興藪文補作

簾幕密遮燈風不定人初靜明日落紅應滿徑

滿庭芳 漁舟

紅蓼花繁黃蘆葉亂夜深玉露初零霽天空闊雲淡楚江清獨棹孤蓬小艇悠悠過烟渚沙汀金鉤細絲綸漫捲牽動一潭星 時時橫短笛清風皓月相與忘形任笑生涯泛梗漂萍飲罷不妨醉臥塵勞事有耳誰聽江風靜日高未起枕上酒微醒

西江月 贈別

憶昔錢塘話別十年社燕秋鴻今朝忽遇暮雲東對坐旗亭説夢　破帽手遮紅日練衣袖捲寒風蘆花江上兩蓑翁消得幾番相送

浪淘沙 楊花

腸斷送韶華為惜楊花雪毬揺曳逐風斜容易著人容易去飛過誰家　聚散苦咨嗟無計留他行人灑淚滴流霞今日畫堂歌舞地明日天涯 以上見草堂詩餘

清平樂 美人

清歌逐酒醉臉鮮霞透櫻小杏青寒食後衣換縷金輕繡 畫堂新月朱扉嚴城夜鼓歸遲細看玉人糚面春工不在花枝

一叢花

傷高一作春懷遠幾時窮無物似情濃離愁一作心正恁牽一作引千絲亂更南陌飛絮濛濛一作蒙嘶騎一作歸漸遙征塵不斷何處認郎蹤 雙鴛池沼水溶溶南北小橈一作橋通梯橫畫閣黃昏後又還是斜一作新月簾櫳一作濛濛沈思

一作思細恨一作思量不如桃杏一作李還一作猶解嫁春一作東風

天仙子 別渝州

醉笑相逢能幾度為報江頭春且住主人今日是行人

紅袖舞青歌女憑仗東風間領取一作交點取三月柳枝

弱似纏落絮倦飛還戀樹有情寧不憶西園鶯解語花

無數應訝使君何處去

又 公擇將行

坐話吳州成樂土詔卷風飛來聖語親輿乞得便藩歸

瑤席主杯休數清夜為君歌白苧　花按舊枝新蘂吐

造化不知人有助看花歲歲比甘棠嘉月暮東門路只

恐帶將春色去

定風波令 次子瞻韻送元素內翰

浴殿詞臣亦議兵禁中頗牧党羌平詔卷促歸難自緩

溪館綵花千數酒泉清　春草未青秋葉暮歸去一家

行色萬家情可恨黃鶯相識晚望斷湖邊亭上不聞聲

又 再次韻送子瞻

談辦剛銷(一作纔疎)堂上兵畫船齊岸暗潮平萬乘靴袍曾好問須信文章傳口齒牙清　三百寺應遊未遍重莫湖山風月豈無情不獨曲卽歌叔度行路吳謠終日有餘聲

又(雲溪席上同會者六人楊元素侍讀劉孝叔吏部子瞻公擇二學士陳令舉賢良)

西閣名臣奉詔行南牀吏部錦衣榮中有瀛仙賓與主相遇平津選首更神清　溪上玉樓同燕喜歡醉繞隄紅葉惜秋英盡道賢人聚吳分試問也應中(一作傍)有老人

星

玉聯環

南國已恨歸來晚芳菲滿眼春工偏上好花多疑不向空枝熳祇一作惜恐紅雲易散叢叢看遍當初猶有蘂如梅問幾日上東風線

木蘭花 和孫素公別安陸

相離徒有相逢夢門外馬蹄塵已動怨歌留待醉時聽遠目不堪空際送 今宵風月知誰共聲咽琵琶槽上

鳳人間無物共情多江水不深山不重

傾盃樂 吳興

横塘静水花窺影孤城轉浮玉無塵五亭争景畫橋對起垂虹不斷愛溪上瓊樓凭雕闌久久飛雲遠人在虚空月生滇海寒漁夜泛游鱗可辨正是草長萍老江南地暖汀洲日晚更茶山已過清明風雨暴千巖啼鳥怨芳菲故苑深紅盡緑葉陰濃青子枝頭滿使君莫放尋春爈

離亭宴 公擇別吳興

捧黄封詔卷隨處是離亭別宴紅翠成輪歌未遍已恨野橋風便此去濟南非久唯有鳳池鸞殿 三月花飛幾片又減却芳菲過半千里恩深雲海淺民愛此春流不斷更上玉樓西歸雁與征帆共遠

偷聲木蘭花

曾居別乘康吳俗民到于今歌不足驪馭征鞭一去東風二十年 重來却擁諸侯騎寶帶垂魚金照地和氣

融人清雲千家日日春

少年游慢

春城三二月禁柳飄綿未歇仙蘂生香輕雲凝紫臨層闕歌掌明珠滑酒臉紅霞發華省名高少年得意時節晝刻三題徹梯漢同登蟾扆玉殿初宣銀袍齊脱生仙骨花探鄰門曉馬躍芳衢瀾宴罷東風鞭梢一行飛雪

慶金枝

山圍畫障風溪弄月清溶漾玉樓茗館人相望下若醲
醅競取金釵當 使君歡醉青娥唱分明仙曲雲中響
南園百卉千家賞和氣薰人不獨花枝上

長相思

蘋滿溪柳遶隄相送行人溪水西歸時隴月低 烟霏
霏雨淒淒重倚朱門聽馬嘶寒鴉相對啼

行香子 案黄花菴詞選題曰美人

舞雪歌雲閒淡糚勻藍溪水深染輕裙酒香薰臉粉色

生春更巧談話美情性好精神　江空花菴詞選無畔作空江
淩波何處月橋邊青柳朱門斷鐘殘角又送黄昏奈心
中事眼中淚意中人

虞美人

苕花落盡汀風定苕水天搖影畫船羅綺滿溪春一曲
石城清響入高雲　壺觴昔歲同歌笑今日無年少南
園花少故人稀月照玉樓依舊似當時

胡搗練　雲上送唐彦猷　彦猷名詢

使君少醉離亭酒酒醒離愁轉有紫禁時虛右清雲留
難久　一聲歌掩雙羅袖日落汀花春後猶有東城烟
柳青陰長依舊

汎清苕　又名感皇恩正月十四日與公擇吳興泛舟

綠淨無痕過曉霽清苕鏡裏遊人紅糚巧綵船穩當筵
主秘館詞臣吳娃歡飲韓倡競豔容左右生春學為行
雨傍畫槳從教水濺羅裙　溪烟混月黃昏漸樓臺上
下火影星分飛檻倚斗牛近響簫鼓遠破重雲歸軒未

至千家待掩半糚翠箔朱門衣香拂面扶醉卻簪花滿袖餘温

醉桃園 渭州作

雙歌連袂近香猊歌隨鏤板齊分明珠索漱烟溪凝雲定不飛 脣破點齒編犀春鶯莫亂啼陽關更在碧峰西相看翠黛低 以上見董退周吳興藝文補

滿江紅 初春

飄盡寒梅笑粉蝶遊蜂未覺迤邐水明山秀煖生簾幙

過小雨桃紅未透舞新煙柳青猶弱記畫橋深處水邊亭曾偷約　多少恨今猶昨愁和悶都忘却拚從前爛醉被花迷著晴鴿試鈴風力軟雛鶯弄舌春寒薄但只愁錦繡鬧糚時東風惡　見黃叔暘花菴詞選

西江月

泛泛春船載樂溶溶湖水平橋高鬟照影翠煙搖白紵一聲雲杪　倦醉天然玉軟卸糚人惜花嬌風情遺恨幾時銷不見盧郎年少　見楊升菴詞林萬選

玉樹後庭花

華燈火樹紅相鬭往來如畫橋河水白天青訝別生星斗　落梅穠李還依舊寶釵沽酒曉蟾殘漏心情恨雕鞍歸後見張綖詩餘圖譜

卜算子

夢短寒夜長坐待清霜曉臨鏡無人為整粧但自學孤鸞照　樓臺紅樹秋風月依前好江水東流郎在西問尺素何由到

燕歸梁

去歲中秋玩桂輪河漢淨無雲今年江上共瑶尊都不是去年人　水晶宫殿琉璃臺閣紅翠兩行分點脣微破秀眉顰清影外見歌塵

怨王孫

花暮春去都門東路嘶馬將行江南江北十里五里郵亭幾程程　高城漸遠重凝睇烟容細玩碧空無際不知今夜何處冷落衾幃欲眠時以上見詞綜補

詩

醉眠亭 宋徐碩至元嘉禾志李行中字無悔築亭青龍江上名之曰醉眠東坡少游諸公皆有詩

松陵江畔客築室從何年世俗徒紛紛不知李子賢在彼既不知不如醉且眠聲名衮衮誰知命醉非愛酒眠非病長江渾渾無古今群山回合來相應至元嘉禾志作映呼奴沽酒不可遲買魚斫膾煩老妻何必紉繩繫飛兔百年長短空自知直將褌蝨視天地寘寘爰枕窮四時九

衢足塵土朱門多是非秋風老蓴鱸扁舟何日歸

又 案董遐周吴興藝文補作張先詩至元嘉禾志作王觀詩

醉翁家有醉眠亭爲愛江隄亂 案吴興藝文補此字缺至元嘉禾志此字作亂 草青不聽耳邊啼鳥亂任教風外雜花零飲酣未必過此舍樂甚還應造大庭五柳北窻知此趣三閭南楚謾孤醒

巢鳥 案宋文鑑烏作鳥誤

烏啼東南林危巢雛五六心在安巢枝一日千往復脱

網得羣食入口不入腹窮生俾反哺豈能報成育

吳江 宋吳興藝文補題曰遊松江

春後銀魚霜下鱸遠人曾到合思吳欲圖江色不上筆
靜覓鳥聲深在蘆落日未昏聞市散青天都盡見山孤
橋南水漲虹垂影清夜燈光合太湖

題西溪無相院 宋東坡題跋作華州西溪宋文鑑作題華下無相院西溪胡仔漁隱叢話作湖州西溪

積水涵虛上下清幾家門靜岸痕平浮萍破漁隱叢話作斷處

見山影小漁隱叢話作野艇歸時聞草聲入郭僧尋塵裏去過橋人似鑑中行已憑暫雨添秋色莫放脩蘆礙月生宋文鑑作礙目生誤

贈妓兜娘宋趙德麟侯鯖錄云子野于吳興守滕子京席上見小妓兜娘子京賞其佳色後十年再見于京口絶非向時容態感之作詩

十載芳洲採白蘋移舟弄水賞青春當時自倚青春力不信東風解誤人

營妓張温卿黄子思愛姬宜哥皆葵宿州城東過

而題詩 戴能改齋漫錄

好物難留古亦嗟人生無處不塵沙何時種樹連雙冢結就人間竝蔕花

和元居中風水洞上祖龍圖韻 戴咸淳臨安志

水色風光近使君浥塵輕雨逐車輪暫來不宿宜無恨多少行春不到人

附錄

張鐸湖州府志曰 張先字子野烏程人康定進士 案此

以子野為康定進士本之勞鉞舊志近查初白蘇詩補注鄭芷畦湖錄竝以子野為天聖八年進士本之周公謹齊東野語知吳江縣詩格清麗尤長樂府有雲破月來花弄影浮萍破處見山影隔牆送過秋千影之句時號張三影李公擇守吳興招集于郡圃為六客之會晚歲優游鄉里嘗放舟釣魚為樂仕至都官郎中有文集一百卷惟樂府行于世

李堂湖州府志曰張先字子野烏程人天聖八年進士李公擇守吳興招先及蘇軾陳舜俞楊繪劉述雅

集郡圃為六客之會晚歲優游鄉里壽八十九卒孫

有字謙仲隐于黄冠以小篆名世

宋史藝文志曰張先詩二十卷

陳振孫直齋書錄解題曰張子野詞一卷都官郎中

吴興張先子野撰李公擇常為六客堂子野與焉所

賦詞卒章云也應傍有老人星蓋以自謂是時年八

十餘矣東坡倅杭數與唱酬聞其買妾為之賦詩首

末皆用張姓事吴興志稱其晚年釣魚自適至今號

張釣魚灣死葬弁山下在今多寶寺案歐陽集有張子野墓誌死于寶元中者乃博州人名姓字偶皆同非吳中之子野也案王明清玉照新志曰本朝有兩張先皆字子野一則樞密副使遜之孫與歐陽文忠同在洛陽幕府其後文忠為作墓誌銘稱其志守端方臨事敢決者一與東坡先生遊東坡稱為前輩詩中所謂詩人老去鶯鶯在公子歸來燕燕忙能為樂府號張三影者又案王阮亭居易錄曰宋兩張子野皆名先一與歐陽文忠為友為孝章皇后之姻官止知亳州鹿邑縣寶元二年年四十八卒一與蘇文忠友公集中云昔自杭移高密陳令舉張子野皆從至松江夜半月出置酒垂虹亭上子野年八十五以歌詞聞天下作定風波令李公擇守吳興東坡過之會于碧瀾堂子野作六客詞坡詩所

謂詩人老去鶯鶯在公子歸來燕燕忙詞家所謂張三影者是也官至都官郎中死葬吴興弁山有集一百卷今有張豹魚灣見掌故集胡應麟筆叢云兩張先皆字子野俱第進士其能詩壽考悉同一博州人號張三影者是也一吴興人明作正楊而荒陋如此

馬端臨文獻通考曰張子野詞一卷案毛子晉所刻六十家詞及詩詞雜俎並無子野詞董遐周吴興蓺文補所載亦僅三十五闋

朱彝尊詞綜曰張先字子野吴興人為都官郎中有安陸集詞一卷案無名氏北宋人小集張先張都官集五首李肯菴湖州府志先有文集一百卷惟樂府行于世紹興續編到四庫闕書目張先集十二卷又曰張先安陸集又曰子野詞一卷周

草牕齊東野語曰余家偶藏子野詩一帙名安陸集然則安陸為子野集之總名詞僅集中之一卷耳北宋人小集稱為張都官集者非子野集原名也李端叔云子野詞才不足而情有餘晁无咎云子野與耆卿齊名而時以子野不及耆卿然子野韻高是耆卿所乏處

鄭樵通志藝文略曰湖州碧瀾堂詩一卷

張詢六客堂詩序曰昔李公擇為此郡會于碧瀾堂子野作六客詞

鄭元慶湖錄曰碧瀾堂詩一卷紹興續編到四庫闕

書目有之不知何人編輯蘇軾東坡居士集定風波詞小引曰余昔與張子野劉孝叔李公擇陳令舉楊元素會于吴興時子野作六客詞其卒章盡道賢人聚吴分試問也應傍有老人星又曰吾昔自杭移高密與楊元素同舟而陳令舉張子野皆從吾過李公擇于湖遂與劉孝叔俱至松江夜半月出置酒垂虹亭上子野年八十五以歌詞聞于天下作定風波令其略云見説賢人聚吴分試問也應傍有老人星坐

客皆歎有醉倒者此樂未嘗忘也今七年爾子野孝叔令舉皆為異物而松江橋亭今歲七月九日海風駕潮平地丈餘蕩盡無復孑遺矣追思曩時真一夢也元豐四年十月二十日黄州臨臯書又題跋曰張先子野善戲謔有風味見杭妓有彈琴者忽舞掌曰異哉此筝不見許時乃爾黑瘦耶又題張子野詩集後曰子野詩筆老妙（漁隱叢話作健）歌詞乃其餘技（漁隱叢話作波）耳華（漁隱叢話作）湖州西溪詩云浮萍破處見山影野艇歸

時聞草聲案少蘊石林詩話方虛谷瀛奎律髓俱作聞棹聲但上句浮萍破處見山影萍與山分寫而景入畫若作棹聲則與艇字語複且意亦平平正如荆公論常建詩鬢色赴春愁若改赴為起誰不能道耶與余和詩云愁似鰥魚知夜永懶同蝴蝶為春忙若此之類皆可以追配古人而世俗但稱其歌詞昔周昉畫人物皆入神品而世俗但知有周昉士女皆所謂未見好德如好色者歟元佑五年四月二十一日又次韻答元素詩小引曰余嘗有贈元素詞云天涯同是傷流落案東坡有席上呈元素詞調醉落魄後半云尊前一笑休辭却天涯

同是傷流落元素以為今日之先兆且悲當時六客之存亡六客蓋張子野劉孝叔陳令舉李公擇及元素與余也案東坡次韻周開祖詩近憶張陳與老劉公自注曰謂張子野陳令舉劉孝叔又元日次韻張先子野見和七夕寄莘老之作云得句牛女夕轉頭參尾中青春先入睡白髮不遺窮酒社我為宋刻本作無敵詩壇子有功縮頭先夏鼈實腹鄙秋蟲莫唱羣垂緑無人臉斷紅舊交懷賀老新進謝終童袍鷴一作鵲雙雙瑞腰犀一一通小蠻知在否試問囁嚅翁

又和致仕張郎中春晝云投紱歸來萬事一作里輕消磨未一作不盡祇風情舊因尊葉求長假新為楊枝作短行不禱自安緣壽骨深一作苦藏難沒是詩名淺斟盃酒紅生頰細咏歌詞穩稱聲蝸殼卜居心自放蠅頭寫字眼能明盛衰閱過君應笑寵辱年來我亦平跪履數從圯下老逸書聞問濟南生東風屈指無多日只恐先春鶗鴂鳴又贈張刁二老詩王梅溪蘇詩集注引趙堯卿說曰張子野湖州烏程人刁景純潤州丹陽人兩邦山水未淒涼二老風

流總健强共成一百七十歲各歓三萬六千觴一作場

藏春鳩裏鶯花鬧仁壽橋邊日月長惟有詩人被磨

折金釵零落不成行案當時雖有兩張先攷博州張先卒于寶元己卯年四十八又三十五載為熙寧癸丑東坡作此及子野八十五買妾詩皆在是年其為湖州張先無疑王氏集注引趙次公說曰仁壽橋子野所居查他山補注以為今失攷

又和張子野見寄三絶

句曰前生我已到杭州到處長如到舊遊更欲洞霄

為隱吏一菴閒地且相留狂吟跌宕無風雅醉墨淋

漓不整齊應為詩人一回顧山僧未忍掃黃泥柏堂

南畔竹如雲此閣何人是主人但遣先生披鶴氅不須更畫樂天真

趙德麟侯鯖錄曰張子野年八十五尚聞買妾陳述古作杭守東坡作倅述古令東坡作詩云錦里先生自笑狂莫欺九尺鬢眉蒼詩人老去鶯鶯在公子歸來燕燕忙柱下相君猶有齒江南刺史已無腸平生謬作安昌客略遣彭宣到後堂詩人謂張籍公子謂張佑案何薳春渚紀聞所載瓠子冬氏之說則祐當作祜柱下張蒼安昌張禹

皆使姓張事宋王楙野客叢談曰張子野晚年多愛姬東坡有詩曰詩人老去鶯鶯在公子歸來燕燕忙正均用當家故事也嘗攷唐有張君瑞遇崔氏女于蒲崔小名鶯鶯元稹與紳語其事作鶯鶯歌漢童謠曰燕燕尾涎涎張公子時相見又曰張祐妾名燕燕其事蹟與夫對偶精切如此鶯鶯對燕燕已見于杜牧之詩曰綠樹鶯鶯語平沙燕燕飛前輩用者皆有所祖又宋葉少藴石林詩話曰張先郎中能為詩及樂府至老不衰居錢塘蘇子瞻作倅時先生年已八十餘視聽尚精强家猶畜聲妓子瞻常贈以詩云詩人老去鶯鶯在公子歸來燕燕忙蓋全用張氏故事戲之先和云愁似鰥魚知夜永嬾同蝴蝶為春忙極為子瞻所賞但俗多喜傳詠先樂府㫺掩其詩聲識者皆以為恨云

李之儀姑溪題跋曰長短句寄小重山是譜不傳久

矣張先子野始從梨園樂工花日新度之然卒無其詞異日秦觀少游謂其聲有琴中韻將為予寫其欲言者竟亦不逮崇寧四年冬予遇故人賀鑄方回遂傳兩闋宛轉紬繹能到人所不到處從而和者凡五六篇案子野小重山詞當時已失傳則其長短句之散佚者多矣

王安石寄張先郎中詩曰留連山水住多時年比馮唐未覺衰篝火尚能書細字郵筒還肯寄新詩藤牀月下知誰對鑾榼花前想自隨投老主恩聊欲報每

瞻高躅恨歸遲又次韻張子野竹林寺二首曰澗水
横斜石路深水源窮處有叢林青鴛幾世開蘭若黄
鵠當年瑞卯金敗壁數峰連粉墨凉烟一穗起檀沈
十年親友半零落回首舊遊成古今京峴城南隱映
深兩牛鳴地得禪林風泉隔屋撞哀玉竹月緣階貼
碎金藻井仰窺塵漠漠青燈對宿夜沈沈扁舟過客
十年事一夢此山愁至今
梅聖俞送張子野屯田知渝州詩曰舊居苕溪上久

客歲陽東歸來得虎符馳馬向巴中歌將聽巴人舞
欲教渝童況嘗善秦聲樂彼渝人風忠州白使君竹
枝詞頗工行當繼其美貢萬勿忩忩案王偁東都事略梅堯臣傳曰
同時有張先子野刁約景純皆有文名而逸其事
陳師道後山詩話曰張子野老于杭多為官妓作詞
而不及龍靚靚獻詩曰天與羣芳十樣葩獨分顏色
不堪誇牡丹芍藥人題徧自分身如鼓子花子野為
作減字木蘭花詞

陳正敏遯齋閒覽曰張子野郎中以樂章擅名一時宋子京尚書奇其才先往見之遣將命者謂曰尚書欲見雲破月來花弄影郎中子野屏後呼曰得非紅杏枝頭春意鬧尚書耶遂出置酒盡歡蓋二人所舉皆其警策也案古今詩話云子野嘗作天仙子詞云雲破月來花弄影士大夫多稱之張初謁見歐公迎謂曰好雲破月來花弄影恨相見之晚也

胡仔漁隱叢話曰高齋詩話云子野常有詩云浮萍斷處見山影又長短句云雲破月來花弄影又云隔

牆送過秋千影並膾炙人口世謂張三影後山詩話云尚書郎張先好著詞有云雲破月來花弄影簾幙捲花影墮輕絮無影世稱誦之號張三影介景謂雲破月來花弄影不如李冠朦朧淡月雲來去也古今詩話云有客謂子野曰人皆謂公張三中即心中事眼中淚意中人也公曰何不目之為張三影客不曉公曰雲破月來花弄影嬌柔嬾起簾壓捲花影柳逕無人墮飛絮無影此余平生所得意也

苕溪漁隠曰細味三說當以後山古今二詩話所載

三影為勝

范公稱過庭錄曰張先子野郎中一叢花詞云沈思

細恨不如桃杏猶解嫁東風一時盛傳歐陽永叔猶

愛之恨未識其人子野家南地以故至都謁永叔閽

者以通永叔倒屣迎之曰此乃桃李嫁東風郎中東

坡守杭子野尚在常預宴席有南鄉子詞末句云聞

道賢人聚吴分試問也應傍有老人星葢年八十餘

矣（案居易錄曰張子野年八十五尚買妾早年有一叢花詞云不如桃杏猶得嫁東風歐陽公稱為桃李嫁東風郎中見范公稱過庭錄知兩張子野皆從歐公遊也）

王曄道山清話（案是書載百川學海闕撰人名諸書所引皆作王曄考卷尾有曄跋乃其祖所作尚有館祕錄曝書記二種）曰張先京師人（案博州張子野後家開封見歐陽公所撰墓誌故道山以為京師人）有文章尤長于詩詞其詩有浮萍斷處見山影小艇歸時聞草聲之句膾炙人口又有雲破月來花弄影隔牆風弄秋千影之詞人目為張三影先字子野其祖母宋氏孝章皇后親妹也祖遜因

是而貴太宗朝為樞密副使子野生貴家刻苦過于寒儒取高科甫改秩為鹿邑縣以殂歐陽永叔雅敬重之嘗言與其同飲酒酣衆客或歌或呼起舞子野獨退然其間不動聲氣當時皆稱為長者今人乃以張三影呼之哀哉歐公為其墓銘案居易録云宋人兩張先皆字子野人往往不能辨未有如道山清話之謬舛者道山云張先京師人有文章尤長于詩詞人目為張三影又號三中此官都官郎中居湖州者年八十餘尚無恙以三影為京師人已誤其下又云其祖母宋氏孝章皇后妹也子野生貴家刻苦過于寒儒取高科甫改秩為鹿邑縣以殂歐陽永叔雅敬重之今人乃以張

三影呼之哀哉歐陽爲其墓銘此戚里官鹿邑縣者年四十八卒不號三影觀此則曾參秋胡之誤又何怪乎

許顗彥周詩話云燕燕于飛差池其羽之子于歸遠送于野瞻望弗及泣涕如雨此真可泣鬼神矣張子野長短句云眼力不知人遠上溪橋東坡送子由詩云登高回首坡壠隔惟見烏帽出復沒皆遠紹其意嚴有翼藝苑雌黃曰張子野過和靖隱居有詩一聯云湖山隱後家空在烟雨詞亡草自青注云先生常

著春草曲有滿地和烟雨之句今亡其全篇余案楊元素本事曲有點絳脣一闋乃和靖春草詞云金谷年年亂生春色誰為主餘花落處滿地和烟雨又是離歌一闋長亭暮王孫去萋萋無數南北東西路此詞甚工子野乃不見其全篇何也案詞綜發凡云張子野弔林君道詩烟雨詞亡草更青蔡君謨寄李良定詩多麗新詞到海邊一篇之工見之吟咏山抹微雲秦學士露華倒影柳屯田曉風殘月柳三變滴粉搓酥左與言一句之工形諸口號當日風尚所存甄藻自爾不爽

郎瑛七脩類稿曰張先字子野吳興人也髙齋詩話

以其詩有浮萍斷處見山影雲破月來花弄影隔牆
送過鞦韆影以句工而人目為張三影也后山詩話
又改後二影簾幙捲花影墮輕絮無影人皆不知何
以不同不知初客謂子野曰人皆謂公張三中蓋能
道心中事眼中景意中人也公曰我張三影也遂舉
后山者言之但原詞尚多數字因詞也後高齋因子
野有前詩三影者亦佳遂著之二叔較之似不如公
自舉者案諸書所引三影句多不同凌雅哲萬姓統譜又作無數楊花過無影又見石

林詩話云子野能文章樂府至老不衰居錢塘年八十餘猶蓄聲妓東坡有聞其買妾時八十五詩以戲之錦里先生自笑狂云云全篇用張姓故事乃戲言耳若歐陽志墓之子野乃博州人偶然同時同名同字也歐志之所言適不與三影為人同也前乃天聖八年進士後乃天聖三年進士

梅堯臣宛陵集送張子野知虢州先歸湖州詩曰來赴虢太守暫歸吳興家刻本誤作美興吳興近洞庭橘林正

吹花君當橘柚時摘包帶霜華清甘不楚齒若酒傾殘霞谿山小女兒姹姹兩髮丫裊裊上氍毹嘈嘈弄琵琶是時與之醉何以走塵沙又代人寄致仕張郎中詩曰門榮世美高天下身退心閒住洛陽畫鶴能同薛少保愛書還比蔡中郎花陰小酌呼鄰父月下清音掃石牀不問從來生計薄題籤盈閣是家藏案宛陵集又有送張子野赴官鄭州送張子野祕丞知鹿邑詩皆為博州張子野作

東坡居士集祭張子野文曰子野郎中張丈之靈曰

仕而忘歸人所共蔽有志不果日月其逝惟余子野
歸及强鋭優游故鄉若復一世遇人坦率真古愷悌
龐然老成又敏且藝清詩絶俗甚典而麗搜研物情
刮發幽翳微詞宛轉蓋詩之裔坐此而窮鹽米不繼
獻歌自得有酒輒詣我官於杭始獲擁彗歡欣忘年
脱畧苛細送我北歸屈指默記死生一訣流涕挽袂
我來故國實五周歲不我少須一病遽蜕堂有遺像
室無留嬖人亡琴廢帳空鶴唳酹觴再拜淚溢兩眥

葉適水心文集題張都官送行詩後曰張公送行詩及題卷後者司馬范公而下瑰瑋名士往往在焉言語字畫森然眼旁歘懷其人不寐竟夕案司馬文正范文正范忠宣三公集並無送張都官詩及卷後題跋無從考其人正則所稱未敢遽定為子野姑附于此

宋雷西吳里語曰永興寺戴融祠堂記鄉貢進士張先撰石刻在寺

勞鉞湖州府志曰戴公生祠碑宋都官郎中張先撰在鹿苑寺案碑今不存文亦無考且新舊府志名宦傳不載融名又案程量府志云鹿苑寺在

歸安縣南射村梁大同元年建後廢唐大歷間僧
明誓重建請額賜名永興宋治平二年改今額

欽定四庫全書

安陸集

余既刻張議中復古編考其家世葢衛侍丞維之曾孫都官郎中先之孫也維有曾樂軒稿先有安陸集殘闕之餘散見他書先以樂府擅名一時毛氏六十家詞初不及先今搜輯遺逸得如干首合其詩為一卷然因端踵事實階于復古編也故並為鋟木歸安丁小雅杰海寧沈匏尊心醇曲阜桂未谷馥吾鄉宋芝山葆淳同與校讐佐余不逮云

乾隆辛丑二月安邑葛鳴陽跋

欽定四庫全書

安陸集

一